人呼んで、イケメン令嬢。

人見 弓

ビーズログ文庫

イラスト／珠梨やすゆき

HITO YONDE IKEMEN Reijou

Contents

HITO YONDE IKEMEN Reijou
ニコラ・ミグラス
美貌の容姿をもつ子爵令嬢。
女性にモテすぎて婚約者を
見つけられないのが悩み。
人呼んで、
イケメン
令嬢。
Characters

メラニー・ラウドー

ラウドー伯爵夫人。
ニコラが唯一気を許して
話ができる親友。

ルーナ

捕まっていたニコラを助けた
ガルフォッツォ王国の騎士。

ビビアナ・ベナトーラ

ガルフォッツォ国王の寵姫。
魔性の色気で男性を魅了する。

アリアンヌ・ユマルーニュ

ユマルーニュ王国の王女。
ガルフォッツォ王国に
嫁ぐことが決まっているが…？

――序章　どうして私がこんな状況に!?

ニコラ・ミグラスは身動きがとれなかった。

背後には壁。

すぐ目の前には、今朝初めて出会ったばかりの騎士。

ニコラに覆い被さるようにして壁に手をつく彼――ルーナを、ニコラはただただ見上げることしかできない。

早鐘を打つ鼓動は一向に鎮まらない。ニコラの逃げ道をふさぐかのような彼の両腕の間におさまって、彼の目を見ていると、頭の芯がぼうっとなってくる。

「顔赤いけど大丈夫？　この国の夏は慣れてないときついからね」

ルーナの大きなてのひらを額に当てられて、ニコラの頭はますますのぼせた。

気候のせいばかりではない。全身が熱くて今にも倒れそうなのは、間近にある彼の漆黒の双眸のせいだし、じっと注がれ続けているまなざしのせいだし、耳をくすぐる囁き声のせいだった。

（どうして、私、こんなところにいるんだっけ……）

ぼうっとかすむ頭でニコラは思う。
目の前に居るのは、異国の騎士。外から射し込んでくるのは、異国の強烈な陽射し。
ニコラは自分が今なぜここにいるのか、どこにいるのか、一瞬わけがわからなくなる。
（私は……）
ニコラ・ミグラスが、なぜ異国の地で、こんなことになっているのか。
そもそもの発端は、初夏の頃に舞い込んできた、一通の封書だった。

第1章　イケメン令嬢は婿が欲しい

子爵令嬢ニコラ・ミグラスは、美貌の令嬢である。

ゆえに、その日、ユマルーニュ王国の王都にて催されている舞踏会の場において、ニコラは最も目立つ存在だった。着飾った貴族男女が大勢集まっている華やかな場であっても、ニコラの類い希なる美貌は誰よりも際立っていた。

「ニコラ様！　次の曲では是非わたくしと踊ってください！」

「あなた割り込みはよしなさい、ニコラ様の次の相手はわたくし！　ねっ、ニコラ様！」

「お待ちなさいっ、あなたさっきもニコラ様と踊っていたでしょ！　図々しい！」

ニコラの周りは常に人だかりで、ニコラを取り囲む誰もがニコラの気をひこうと懸命になっていた。

「ニコラ様、この果実召し上がりました？　美味ですのよ、さあさあさあ！　あーん！」

「ど、どうも……あの、自分の手で食べますので……」

「ニコラ様ぁ、あたくし酔ってしまってぇ、控え室でふたりっきりで介抱してくださぁい」

「えっ大丈夫ですか？　えっと、じゃあ隣室に行きましょうか、どうぞ私に掴まって……」

「騙されてはなりませんわニコラ様！　その女は酒なんて一滴も飲んでいませんわ！」

「なんと恥知らずな女！　ニコラ様を独り占めしようったってそうはいかなくってよ！」

　そうよそうよっこの恥知らず女っ！　と、そこかしこで怒声があがる。ニコラ様ぁ私と踊ってぇ！　目線くださぁい！　などという黄色い声もあちこちであがり続けている。

　ニコラを巡ってギラギラと目を血走らせているその面々は、いずれも女性である。華やかに着飾った貴族令嬢たちである。熱狂する彼女たちによる包囲網の中心で、ニコラは、引きつった笑みを浮かべることしかできない。

（ああ……今回もまたいつもの展開になってしまった……）

　子爵令嬢ニコラ・ミグラスは確かに美貌の令嬢である。あるのだが、その美貌の方向性が少々……いや、大幅に、本人の望むそれとはズレているのだった。

　並の男など見下ろしてしまえる長身に、頼りがいがあると評判の立派な肩幅、広い背中。ひとつ結びにした癖のない金髪と涼しげな碧眼に彩られた高貴な面立ち。華やかな宮廷服を完璧に着こなした、すらりとした立ち姿——そんなニコラは、乙女にふさわしき美貌というよりも、貴公子にふさわしき美貌に恵まれまくってしまった女子なのである。

　そう、イケメンなのだ。そこら辺の貴公子など目じゃないくらいにニコラはイケメンなのだ。ユマルーニュ王国一とも称されるイケメン容姿を持つ彼女は、どこの舞踏会でもお茶会でも目の色を変えたご婦人方に取り囲まれてきゃあきゃあ騒がれてしまうのだった。

ニコラを巡り激しい言い争いを繰り広げている女性陣の人垣から、ニコラはそっと抜け出した。長身をぎゅっと縮めてこそこそと会場を逃げだし、ひとけのない庭園の片隅の、植え込みの陰に身を隠すようにしてしゃがみこむ。重たいため息が次々もれてくる。

（やっぱりこうなっちゃうかぁ……ううっ、これじゃ出会いなんて望めない……！）

若き未婚の貴族男女にとって、こうした社交の場というのは、出会いの場である。より良き伴侶を探し求めて、みな日夜こういった華やかなる狩り場に集う。

ニコラもそうだ。ミグラス子爵家の一人娘であり、齢十八になるニコラは、婿になってくれる相手を求めてこうした場にせっせと参加している。

それなのにこれである。寄ってくるのは異様にギラついた目で見つめてくる女性のみ。

肝心の男性たちはといえば――

「君、どうかしたのかい？」

植え込みの向こう側に、いつのまにか若い貴公子が立っていた。身なりからして舞踏会の参加者だろう。彼は気遣わしげな顔をして、植え込みの陰のニコラに近づいてくる。

「そんなところにうずくまって、気分でも悪いんじゃないのかい？」

「あ、いえいえご心配なく、風にあたっていただけですので！　お気遣い痛み入ります」

「しかし顔色も悪いし、控え室で休んだほうがよさそうだ。僕に掴まるといい、さあ……」

植え込みを回り込んできた彼は、しかし、ニコラの男装姿の全身を見るなり目を見開いて顔を強ばらせた。

「君……ニコラ・ミグラス嬢か……」

「あれっ、私のことをご存じで……？」

「勿論だとも。なぜか男装姿であちこちの社交の場に現れては女性たちを手当たり次第にたぶらかしていく令嬢のことは近頃とても有名だからね」

「たぶらかすだなんて、そんなつもりは私には一切ないんです！　皆さんがなんだか勝手にたぶらかされてしまうだけで！　こんな格好してるのにも色々と事情がっ」

「女性という女性を軒並み虜にするような君には、男の手助けなど必要なかったな」

彼は差し出していた右手をぱっと引っ込めると、ニコラに冷たい一瞥をくれて、早足でさっさと去っていった。

遠ざかっていく背中をニコラは切ない気分で見送る。ニコラはいつも男性陣からこういった扱いを受けるのだった。彼らはいつも、ニコラを取り囲んできゃあきゃあ騒いでいる女性陣の輪の外側から、非難がましい視線を冷ややかに向けてくる。

それも当然だ。彼らだって出会いを求めに来てるのに、結婚相手候補の令嬢たちは皆、なぜか男装して参加している女に群がっているのである。非難したくもなるだろう。

ううっと呻いて、ニコラはまたも特大のため息をこぼす。

（こんなんじゃ、いつまでたっても婿が取れない……！）

「じゃあニコラってば、まぁた成果ナシだったのね？」

「まあね、いつもどおりにね……しょせんイケメンだから私は……」

ミグラス家のこぢんまりとした館の中のこぢんまりとした私室で、ニコラはしょんぼりと肩を落とした。

ニコラの向かいに腰掛けて薄味の紅茶をすすっているのは友人のメラニー・ラウドーだ。

「だけどガッツリ男装キメたニコラと張り合わなきゃならない男性陣も大変よねぇ」

「うん、それは私も申し訳ないと思ってる……私が無駄にイケメンなばっかりにね……」

切なげにそう言いながら紅茶をすするニコラをメラニーが呆れ顔で見据える。

「だったらもういい加減、男装で参加するのはやめなさいよニコラ」

「いや、それはちょっと……先方の要望を無視するわけにもいかないでしょ」

ニコラのもとには豪勢な舞踏会やお茶会への招待状がじゃんじゃん届く。ユマルーニュ王国の貴族社会で話題沸騰中のイケメン令嬢を招きたいという貴族は多い。だが、そんな招待状にはいつも決まって、ニコラへのちょっとした要望が記されているのである。

曰く、必ず男装して来い！　と。

「そんなふざけた要望、無視でいいわよ。しれっと女装して行っちゃいなさいよニコラ」

「ねえ、今、女装って言った……？」

「次のお呼ばれはもっとガッツリ女子っぽくするのよ、ぐわっと大胆に胸元のあいたドレス着て、ささやかな胸でもがんがん露出して、ちょっとでもイケメン度を薄めるのよ！」

「なんか色々酷い……！」

メラニーは気の置けない間柄の友人なので、非常にずけずけと物を言う。

だがニコラは、彼女の言うように先方の要望を無視するわけにもいかない。ミグラス子爵家は極めてちっぽけな弱小貴族なのだ。歴史も浅く領地も貧弱で、貴族社会の端っこにかろうじて引っかかっているような家だ。本来であれば大貴族主催の舞踏会のような場になんて招待してはもらえない。しかしながら男装のイケメン令嬢であれば面白がられて、そういった大規模で華やかな場にも招いてもらえるのだ。男装のニコラにのみ需要がある。

「だから私がとれる手はこれしかないんだよ！　とにかく男装であちこち参加して出会いの機会増やして、趣味の変わった通好みな紳士に出会えるのを期待するしか……！」

「そんな人材いるかしらねぇ」

「ど、どこかにはいるよ多分……！　ユマルーニュ王国は広い！」

「王国広しといえども貴族社会は狭いのよね」

「うっ……」

「そしてもはや残された時間も少ないわけよね」

「ううっ……」

現在ニコラは十八歳。ユマルーニュ王国の貴族令嬢としては結婚適齢期ギリである。焦りできりきりと胃の痛みを感じつつ、ニコラは向かいに座る友人を羨ましく見つめた。

このメラニー・ラウドーは一年前に良縁を結んだ身だ。彼女はミグラス家同様の弱小貴族の出でありながら、財も歴史もある王国有数の大貴族ラウドー伯爵家に嫁ぐという偉業を成し遂げた剛の者なのである。上等なドレスを身につけたその姿は今や大層立派な伯爵夫人。ラフなシャツ姿で髪も簡単にひとつにくくっただけのニコラとは大違いである。

「そういえばメラニー、最近うちにしょっちゅう遊びに来てるけど大丈夫なの？」

「伯爵夫人の仕事はきっちりこなしてるから大丈夫。リカルドがたびたび留守にするから寂しいのよぉ」

「ああ、ラウドー伯爵、職務でしょっちゅう国外なんだっけ？」

「あちこち他所の国に赴かされるんだから、陛下の信任厚い旦那様を持つと大変よぉ。リカルドったらああ見えて意外とデキる男なのよねぇ、こないだも彼ったらねぇ」

恒例のノロケが始まったのでニコラは心を無にしてやり過ごすことにした。無の表情でひたすら窓の向こうを見つめる。なだらかな丘の稜線は徐々に夕日に染まりつつあった。

(もう初夏だなぁ。夏が終わるまでにはなんとか婿取りを……なんとか……なる……？)

ニコラはじっとりとした不安に包まれる。窓硝子に映る己のたくましい姿を見て、さらに不安は募る。また全体的に、良い感じの筋肉が増してしまっているのだ。

金銭的に余裕のないミグラス家では使用人が少なく、高齢化も著しいため故障者も出やすく、その穴は若いニコラが埋めるしかないのである。庭師の爺やが腰を痛めるたび代わりに木登りして剪定し、足の悪いばあやがそこら辺で動けなくなっているのを見つけるたび抱き上げて運んだりしていると、否が応でも筋肉量は増える。結果、イケメン化に拍車がかかってしまう。

「ねえちょっとニコラってば！　聞いてんの？」

「聞いてるわけないでしょ。人のノロケをまともに聞いてられる状況じゃないんだよ私は」

「やあねぇ、ノロケ話はとっくに終わったわよ。今度のご婚礼の話をしてたの！　久々の華やかな行事で楽しみよね。王都でも連日この話題で持ちきりだもの」

「今度のご婚礼って？」

首を傾げるニコラを前に、メラニーが愕然としたように目を見開く。

「やだニコラあんたまさか知らないの⁉　婚礼っていったらアリアンヌ様のご婚礼の件でしょ！　ガルフォッツォ王国の王太子との！」

「アリアンヌ様……って、えっと……？」

「そこすら知らないの⁉　あんたそれでもユマルーニュ王国の貴族なの⁉」

「貴族ったって、こんな僻地住まいだし……しょせん由緒正しくない系貴族だし……」

ニコラはもごもごと言い訳する。世事に疎いニコラとは反対にメラニーは情報通だ。

「アリアンヌ様はね、王女殿下よっ！　末の姫君で、あたしらより四歳年下で、今度の秋にガルフォッツォ王国に輿入れなさるのよ。お相手の王太子って、どんな方かしらね？　灼熱のガルフォッツォっていったら情熱の国だし、ガルフォッツォ男ってとにかく無類の女好きって印象あるし、王太子の女関係でご苦労なさらないといいけど」

　メラニーは王女の婚礼への関心が高いようだったがニコラは特に興味は持てなかった。

「だけどあたし実は、向こうの男ってけっこう好みなのよぉ。日焼けした褐色肌とか黒髪とか、野性味あって色っぽいわよね！」

「ちょっと新婚でなに言っちゃってんの伯爵夫人ってば……」

「あぁら、火遊びは貴族の嗜みよ？」

「贅沢者め……！　こちとら婿ひとり見つけるのにも難儀してるってのに……！」

ぎりっとニコラに睨めつけられるが、にやけ顔のままメラニーは肩をすくめてみせる。

「あ、そうよニコラ、異国の男って手もあるんじゃない？　あんたの婿探し、ガルフォッツォの貴族も視野に入れてみたら？」

「えっ、国外から婿取り⁉」

「近隣の友好国だし、王女殿下の輿入れで両国の結びつきもさらに強まるわけだし」

「私……国内にはもう望みなしってこと……？」

「そ、そうは言ってないけど！　選択肢が広がるに越したことはないでしょ？」

「うーん……いや、でも当分は国内で頑張ってみるよ。あれだけお誘いもらってるし」

ニコラは小さな鏡台に目をやる。そこにどどんと鎮座しているのは封書の山である。

「やだ、あれぜんぶ招待状？　さすが旬のイケメン」

「あれだけ行けばどこかにひとりくらいは物好きな好事家がいる、と思いたい……！」

「ぜんぶに行く気？　さすがに無理よ、厳選しなくちゃ」

あたしに任せなさいとメラニーは颯爽と立ち上がり、未開封の封書の山をてっぺんから検分しにかかる。ここは真っ先に返事すべし、ここは行く価値ないから後回しでよし、ここは意外とアリだから返事は急ぎで、と各招待状を匠の手つきで仕分けていく友人にニコラは感嘆のまなざしを送る。

が、なぜか突然、ぴたりとメラニーの手が止まった。メラニーは目を見開いて、一通の

未開封の封書の、封蝋のあたりを凝視している。

「メラニー？　どうかしたの、固まっちゃって。どっか変なとこからの封書？」

「変なとこっていうか……ニコラ、これ……」

　メラニーから差し出されたその封書を受け取り、封蝋に刻まれた紋章を見て、ニコラもまた目を剝いた。

　世間知らずなニコラでもさすがに知っていた。その紋章――白薔薇と白百合と蔦とが組み合わさった優美な意匠は、ユマルーニュ王国を統べる王家を象徴する紋章。

「ええっ、おっおっ王家からの書状っ⁉　なんでうちに⁉　なんでこんなとこに交ざってんの⁉」

　ニコラは慌てふためきながらも大急ぎで開封し、紙面に並ぶ文字を必死に目で追った。

「きゅ、宮殿に！　明日の正午、王都の宮殿に参上するように、って書いてあるんだけど！　私宛ての呼び出し状なんだけど！　ミグラス家当主の子爵じゃなくて令嬢のニコラ・ミグラス宛て……なんで私⁉　なんでっ⁉」

　呼び出しの理由は何も記されていなかった。日時と場所の指定のみの簡潔な書状である。

「ニコラ、呼び出し理由より今はとにかく支度しなくちゃ！　急がないと時間ないわよっ」

「そっ、そうだ……っていうか明日の正午ぉ⁉　間に合うわけないよ⁉　ここ僻地だよ⁉」

「大丈夫よニコラ、あたしが乗ってきた馬車を貸すわ！　夜明けと同時に発って飛ばせばギリ間に合う！　ラウドー家の馬力ハンパないから！　あとはそう、身支度ねっ」

「えっ待って、正装って、女物で行くべきだよね⁉　ないよ⁉　私の狭い衣装部屋、男物の衣装ばっかりだよ⁉　きらびやかな騎士服とか軍服ばっかりだよ！」

「なんでよ⁉　この太平の世に戦争でも起こす気⁉」

「これ着て来てねって招待状と一緒に送りつけてくるご婦人方が多いからいつのまにかそんな有様なんだよ！　女物なんてずっと着る機会もなかったから新調してない……！　やっぱ男物着てくしか……でも不敬にあたる⁉」

「ちょっと落ち着きなさいよ！　まったく、本当あんたってガワはきりっとしたイケメンのくせに中身はヘタレよね」

「知らないよ！　好きできりっとしたイケメンのガワで生まれてきたわけじゃないよ！」

わあわあ騒ぎながら支度に駆けずり回っているうちに夜は粛々と更けていった。

翌日、王都の宮殿になんとか正午ぎりぎり間に合ったニコラは、早々に謁見の間に通さ

れた。

天井には、王家が信奉する、太陽を司る神の神話が描かれていた。壮大な天井画に見下ろされてガチガチに緊張しながら、ニコラはふたつの玉座の御前に跪いた。結局、男物の宮廷服を着てきたため貴公子のごとく片膝をついて跪いてみた。この謁見の間に至るまでにニコラの格好が咎められることは特になかった。

「よくぞ参った、ニコラ・ミグラスよ。ふむ、これは聞きしに勝る美男子ぶり……」

白薔薇と白百合と蔦の紋章で飾られた玉座に座すユマルーニュ王国の国王と后は、ふたりしてやけにまじまじと見下ろしてくる。ニコラの緊張はさらに増していく。

「ふむふむ、これでおなごだとはのう……なるほど、これならば、うむ……」

国王が、隣の后と顔を見あわせて何やら頷きあっている。ニコラはなんだか不安になる。

「本日参ってもらったのはのう、ニコラ。そなたに頼みたき儀があるがゆえなのだ。我が娘アリアンヌのことでのう……」

「アリアンヌ王女殿下、ですか……？」

つい昨日、友人から聞いたばかりの王女の名だ。他国への輿入れを控えているというその王女とは接点も何もないはずなのに、とニコラは不思議に思う。

「我らの愛しき末娘アリアンヌ……そなたも存じておろうが、あれは近々ガルフォッツォとの婚姻を控えておる。だが儂らはこの婚姻に、少なからぬ懸念を抱いておってのう……

というのも、アリアンヌはあまりにも……あまりにも、男に慣れておらぬのだ……」

国王が深い深いため息をつきつつ語り始めたところによると。

アリアンヌ王女は、幼少期より体の弱さゆえ温暖な王国南部の離宮で育った姫君であるという。そして国王夫妻の意向で、その離宮に勤める人員はすべて女性にしたのだという。王女の側付きも医師も護衛もすべて。というのも、王女があまりにも可憐なので、側近くに男なんぞ近寄らせてはならぬっ！　と国王夫妻が強く思ったから……らしい。そんな少々親馬鹿な国王夫妻が用意した女の園で育った結果、王女は今や、男という未知の存在に対して物凄く緊張してしまって会話すらできない姫君になってしまった、のだとか。

「儂らはもっと早くなんとかしてやらねばならなかった……ガルフォッツォに嫁ぎ両国間を巧みに取り持ち、ユマルーニュの益となるよう立ち回らねばならぬ身であるのに、夫となる男と会話すらままならん、などという現状ではまずい……そこでそなたに頼みたい」

「へっ」

突然話の矛先を向けられたニコラは素っ頓狂な声をあげてしまった。

国王と后は、共にずいっと身を乗り出して、ニコラを強い目でまっすぐに見据えてくる。

「輿入れまでに、アリアンヌをなんとか、男に慣れさせたいのじゃ！」

「そうなのです、だからそなたには、離宮でアリアンヌの側に仕えてほしいの！」

「えっ⁉　えっ、私が……？」

想像だにしていなかった展開で、ニコラは理解が追いつかない。

「ええ。ニコラ、そなたはどこからどう見ても男だわ！　しかも類い希なる良い男だわ！」

「そうじゃ。アリアンヌにとっては、そなたはそれはもう相当な刺激物であろう！」

「し、刺激物……？」

「そなたと共に過ごせばアリアンヌも輿入れまでにかなり男に慣れることができると思うのです！　輿入れ前ですからね、本物の男はあの子の側に置くわけにはいかないの」

「その点、そなたならば安心安全のおなご！　まさにうってつけ！　どうじゃ、ニコラ！」

「ええっ、えっとっ、その……」

ニコラは動揺しきりだった。離宮で王女の側仕えというだけでも大層なお役目なのに、男慣れさせるなどという任務まで負うなんて荷が重すぎる。礼儀作法にも言葉遣いにも自信はないし、王女にうっかり無礼を働いたりして罰を受けることになるかもしれない。そもそもニコラは外見こそ完璧イケメン男子ではあるが中身はただのヘタレ令嬢である。男というものを微塵もわかっていないのである。男慣れの任務なんて務まるとは思えない。

「ああ、それにしてもまことに見事な男ぶりだこと……これほど絶世の美男子だとは……」

なんだかいつのまにやら后に熱っぽい目でうっとり見つめられていて、ニコラは反応に困った。

「精鋭揃いの宮殿付き衛兵にもここまでの者はいないわ……これでおなごだとは、神々もなんという意地の悪いことを……」

「これこれ后よ、そのように穴のあくほど見つめてはこの者も困るであろう」

「まあ、陛下。もしかして妬いていらっしゃるの？」

からかうように問いかける后へ、国王が咎めるような視線を送る。それを受けて、后は途端に機嫌を損ねたように目をとがらせた。

「類い希なる美男子をちょっと見つめるくらいのこと、とやかく言われる筋合いはありませんわ。陛下なんて見つめるどころか摘まみ食いし放題ではありませんか。そこらへんの女に見境なく手をつけて！」

「これ、やめんか人前で」

「せめてもう少し相手を吟味して頂かないと！　貴方という御方は、下働きの田舎娘やら酒場の女将やら異国の踊り子やら、見境なく次々とっ！　どれだけ子種をばらまけば気が済むのやら！」

なんだか目の前で夫婦喧嘩が始まってしまっている。雲の上の人々の私生活が垣間見えてしまった気がする。これ以上聞いてはいけない気がしてニコラは慌てて口を開く。

「あのう陛下っ、このたびのお話なのですが！　えっと、私のような無作法者は王女殿下のお側近くにあがれるような者ではなく、やはりお受けするわけには……」

やはり荷が重いためニコラは固辞しようとしたが、しかし国王は牽制するように片手をあげてニコラのそれ以上の発言を押しとどめた。

「ニコラよ、これは命令ではない。頼み事にすぎない。であるからして、褒美をとらそう」

「え……」

「我が娘の困った状態が改善されて万全な状態での婚姻が成ったなら、その暁にはニコラ、そなた褒美に何を望む？　何でも申してみよ」

国王からの褒美。目の前に特大の餌をぶら下げられて、ニコラはごくりと唾をのんだ。

「おっ……おそれながら、陛下……私はただ今、婿探しに難儀している真っ最中でありまして……褒美として、婿探しにご助力いただくというのは、叶いますでしょうか……？」

無論じゃ、と国王は笑みを浮かべて鷹揚に頷いた。

「良き婿を儂が見繕ってやろう。どうじゃニコラ、こたびの頼み事、引き受けてくれるか？」

「是非ともやらせて頂きますっ！」

かくして話は秒でまとまった。

アリアンヌ王女のための離宮──通称アリアンヌ宮は、ユマルーニュ王国最南端の港町にあった。内海を挟んで向こう側はもう灼熱のガルフォッツォ王国、という地であり、ミグラスの領地や王都よりもだいぶ気温が温暖だった。

アリアンヌ宮に到着したニコラはすぐさま応接間に通されることとなった。勿論、頭のてっぺんから足の先まで完璧な男装姿でキメてきている。

応接間では、清楚な長袖のドレス姿の少女がニコラを待ち受けていた。この離宮の主にして、今日この日からニコラがお仕えする相手である、王女アリアンヌ。彼女の姿を見るなりニコラは息をのんだ。あまりにも可憐で愛くるしい容貌の姫君だったのだ。

空色の優しげな垂れ目が特徴的な、花のような面立ち。栗色の巻き毛、小柄な体軀、どこをとっても可愛い。緊張気味な表情を浮かべているのもまた可愛い。国王と后が、王女の身近に男を寄せ付けまいとして女だらけの環境を用意したのも大納得の可愛さだ。

「お初にお目にかかります、王女殿下！　ニコラ・ミグラスと申します、お会いできて光栄ですっ！」

意気込んで挨拶を述べたニコラは、初対面の場で失礼のないようにと、最大級の笑みを浮かべてみせた。だがしかし、それに対して王女のほうは、元々緊張気味だった顔がさらにひどく強ばっていき、しかも顔色までがみるみるうちに青ざめていったので、ニコラが一歩踏み出すと、王女はヒッと小さく叫んで硬直し、さらに顔面蒼白になった。

姫様っ！　お気を確かにっ！　と侍女たちがわらわらと王女を取り囲み、がちがちに硬直した王女の体を支えながら廊下へと連れ出していく。

取り残されたニコラは困惑し、同じく室内に残っている侍女にすがるように目を向けると、彼女は申し訳なさそうに肩をすぼめた。

「ニコラ様、大変申し訳ないのですけれど、姫様との顔合わせはまた日を改めて……」

「それは全然かまいませんけども、あの……私が女だということを、王女殿下は……？」

「勿論、姫様の男慣れ特訓のために遣わされてくるのは女性であると、ちゃんと姫様はご存じでおられます。そうと知ってはいても、ニコラ様が男の方にしか思えなくてあのようにひどく緊張なされてしまったのでしょう。何しろあまりの美男子ぶりですもの」

「そ、そうですか……いや、でも驚きました、あんなふうになってしまうのですか……」

「ええ、姫様は男の方と向かい合うだけであのように大変な状態に陥ってしまう御方で」

何卒よろしくお願いしますと頭を下げられ、ニコラはごくりと唾をのんだ。国王たちの話では、男慣れしていなくて会話もままならない姫君だと聞いていたけれど、それ以上のようだ。会話どころか、相対するだけであんなにも青ざめてガチガチになってしまうとは。

（でも頑張らないと！　陛下に婿を用意してもらえる機会なんて絶対のがせない……！）

そうしてアリアンヌ宮に泊まり込んでの特訓の日々が始まったのだった。

立派な客室を与えられ、豪華な食事も朝昼晩たっぷり与えられて、ニコラは側仕えというよりほとんど客人のように扱われた。

ニコラに課せられた役目は、己の客室で毎日、王女と差し向かいでお茶の時間を共にすること。男にしか見えないニコラとガッツリ向かい合って毎日欠かさず交流をもつことで、王女を男慣れさせよう、ということらしい。なのでニコラは勿論、男装姿で王女をお迎えする。日替わりで用意される高級な仕立ての宮廷服やら騎士服やらをきっちり着用して、毎日小一時間ほど、ニコラは王女と向かい合うことになった。

はじめはひどいものだった。ニコラの向かい側のソファに腰掛けた王女はお茶の時間のあいだずっと、青ざめた顔を深く俯けて、石像のごとく固まるばかりだった。身動ぎせず、紅茶にも菓子類にも一切手をつけられず、勿論、声だって一言も発せられない。

ニコラはなんとか己の存在に慣れてもらわねばと、とにかく話しかけ続けた。舞踏会でニコラを巡って巻き起こった令嬢たちの抗争の話やら、結婚前の友人メラニーが玉の輿に乗るため企てていた策謀の話やら、思いつく限りの手持ちの面白話を披露しまくった。相槌も反応もない相手に向かってひたすら喋りまくるのはなかなかの苦行だったが、それでも懸命に毎日話しかけ続けているうちに、王女の変化は少しずつだが現れ始めた。

徐々に顔を上げられるようになってきて、時折、ほんの一瞬ながらもニコラと目が合うようになった。ニコラの話に対して、蚊の鳴くような声で相槌らしき言葉を発してくれるようにもなった。顔色もマシになってきて、焼き菓子をいくつか摘まむ余裕も出てきた。

そしてある日のお茶会で、ついにそのときはやってきた。ミグラス邸で老齢使用人たちが次々ぎっくり腰に見舞われた際に片っ端から抱き上げて救出し続けていたら最後にはニコラまでぎっくり腰になってしまった、という珍騒動の話を披露したときのことだ。

「まあ、大変……！　もうニコラ様の腰のお加減はよろしいのですか？」と、王女のほうから、ニコラに声をかけてくれたのである。しかも顔をしっかりとあげて、ニコラの目をまっすぐに見ながら、である。ニコラは感極まって思わず涙しそうになった。壁際に控えて見守っている侍女たちなんて普通に全員泣いていた。ニコラはかつてのぎっくり腰多発事件に大感謝した。

そこからは、もう速かった。ニコラに対する王女の緊張ぶりは急速にほどけていったのである。気がつけば、ニコラがアリアンヌ宮にやってきてからひと月あまりが経とうとしていた。季節はすっかり、夏の盛りの真っ只中に突入していた。

「ごきげんよう、ニコラ様」

定刻の午後二時、ニコラの客室に、控えめな微笑みをたたえた王女が現れる。

「お待ちしておりました、殿下!」

「本日もお付き合いくださってどうもありがとう。よろしくお願い致しますね」

目を合わせて言葉を交わしながら、ふたりはソファに差し向かいに腰掛ける。間の卓上にはすでにお茶の支度が完璧に調っている。

「連日暑さが続いていますけれど、ニコラ様、お辛くはありませんか?」

「いいえ、特に辛いなんてことは全然! この暑さのおかげで果実もひときわ美味しく感じられますし! こちらでいただく新鮮な果実はいつも本当に瑞々しくて美味しくて、ありがたく味わわせてもらってます!」

「本日の柑橘はガルフォッツォ産の希少なものなのですって。独特の酸味が癖になるのだとか。早速いただきましょうか」

実に和やかにお茶の時間が始まる。王女はくつろいだ様子で、ゆったりとティーカップを傾けている。どうぞたくさん召し上がって、料理長自慢のこちらの焼き菓子もぜひ、とあれこれニコラに話しかけてくれて、可憐な笑みも惜しげもなく向けてくれる。

ニコラは感慨深かった。当初のガチガチぶりが嘘のように、王女は今や、すっかり打ち解けてくれている。おのずと笑みがこぼれるニコラと同様に、壁際に控えている侍女たちも嬉しげに微笑んでいた。彼女たちのみならず、アリアンヌ宮の面々は皆、心底安堵しているようだ。何せ、男と見紛うニコラを相手にここまで打ち解けられたのだ、王女は今や男慣れをほとんど習得できたといっていい。輿入れに向けて不安の芽はなくなったのだ。

ニコラも胸をなで下ろしていた。これでお役目は果たせたといえるだろう。約束どおり、国王に褒美の婿を世話してもらえるはず。もう婿探しに苦労することもないのだ。

「わあ、本当ですね殿下、この柑橘の独特な酸味は確かに癖になる感じが！」

「ええ、珍しい味わいが致しますわね」

ほっそりした指先で上品に柑橘を摘まんでいた王女が、ふと顔を上げる。

「そうでしたわニコラ様、明日のことなのですけれど。わたくし明日はこちらに伺えないのです。大変残念なのですけれど」

「あ、はい承知致しました！　ですけど本当に毎日たくさんの講義で大変ですねぇ……」

輿入れを控えた王女は実に多忙で、諸外国の言語や歴史をみっちり学んだり、ガルフォッツォ王国風の各種衣装をあつらえたりと、分刻みで毎日めまぐるしく過ごしているという。男慣れ特訓のために割ける時間は毎日ほんの小一時間しかなく、近頃ではそれも時折なくなったりすることがあった。もっと優先すべき講義の予定が突発的に入るのだ。

しかし王女は、微笑の中にやや憂鬱そうな色を浮かべて、首を横にふった。

「明日に急遽入った予定は、使者との面会なのです。わたくしとしてはニコラ様との時間を優先させたいのですけれど、父王のもとから来る使者を疎かにはできないものですから」

「陛下の使者がこちらに……？」

「ええ、男の方が。わたくしの……今の状態を確かめたいようです」

ああ、とニコラは納得した。男慣れ特訓をひと月あまり続けてきた王女は今どのくらいの成長具合なのか、国王の使者が成果を見に来るということらしい。それで王女はどことなく物憂げな様子なのだ。

「大丈夫ですよ殿下、ほとんど男の外見な私とここまで完璧に打ち解けておられるんですから！　男の使者が相手だって、面会も歓談も余裕でこなせちゃいますよ絶対！」

ニコラが両の拳をにぎって力説すると、王女はくすりと笑い声をもらして深く頷いた。

「どうもありがとう。ええ、わたくしもニコラ様との日々を経て、かなり変わることができたと思っているのです。今までのあまりにひどい有様と比べたら、本当に見違えるほどど」

王女が恥じ入るように、空色の目を伏せる。

「わたくしときたら肉親である父王とさえも、まともに相対することができなかったのですもの。硬直して俯くばかりで会話もできず……兄も五人もいるのですけれど、どなたに対してもやはり同じ有様で。顔を合わせる機会がもっと多かったなら違ったのかしら……」

「あまりお会いになることはなかったのですか？」

「ええ、何しろこちらの離宮と王都とでは距離がありますでしょう？　父王や兄上たちがこちらに訪ねてきてくださったのは数えるほどで……それぞれにお忙しいことですし。それでも母上はよく来て下さっていたのですけれど」

王女はふと言葉を切って、悲しげに微笑んだ。

「父王はともかく、兄上たちがわたくしをあまり訪ねてこられなかったのは、距離や多忙だけが理由ではないのですけれど。こちらによく滞在していたわたくしの母上と鉢合わせしないようにと、兄上たちは配慮しておられたから……」

「え、お后様と王子殿下たちが鉢合わせしてはまずいのですか？」

「母上はあまり良い感情を持っていないのです……自分ではない女たちが産んだ王子たちに対して」

ニコラは無言で納得した。なるほど、今の后が生んだ御子は、このアリアンヌ王女のみであるようだ。他の王子たちの生母は、先妻なのか妾なのかはわからないがとにかく他の女たちであって、自分以外の女が産んだ御子たちの存在が后は気に入らないのだろう。

（そういえば謁見の間ででも、なかなか焼き餅焼きな感じだったっけ……陛下も見境ない女好きみたいな言われ方してたなぁ……メラニーだったら王家のそこらへんの込み入った事情も抜かりなく把握してそう）

しばらく会えていない情報通な友人を思い出してニコラはふと郷愁にかられてしまった。

（つまり王女殿下は、五人の王子殿下たちと異母兄妹の間柄なんだなぁ……その異母っていうのも複数人いるみたいだし複雑そうな関係性だけど……でも少し羨ましいなぁ、そんなにきょうだいがいるのって）

ニコラの両親はニコラ同様あまり貴族向きではなく、ちっぽけな領地の管理ですら手に余って四六時中あわあわしているような人たちであるのでニコラの結婚問題に気持ちを割く余裕もなく、そこらのことはだいぶ放ったらかしにされていた。だからせめて頼れる兄弟がひとりでもいれば良かったのになぁとニコラはよく思ったりするのだ。

「わたくしも、いつか……」

ぽそりと呟く小声が聞こえて、ニコラは王女のほうへ目を向けた。王女は、憂いを帯びた空色の垂れ目で、窓の外を見つめていた。

アリアンヌ宮の三階に位置するこの客室からは、海が見渡せる。穏やかな内海が。その向こう側には、王女の輿入れ先である灼熱のガルフォッツォ王国が広がっている。

「わたくしも母上のように悋気に苛まれるのかしら……わたくしの夫になる御方も、わたくし以外の女性を愛でたりするのかしら……」

遠い未来を見据えるような目で内海の向こうを見つめながら独りごちる姿に、ニコラは胸が痛くなった。

(そっか、この方も輿入れしてガルフォッツォの王太子妃になったあとにはいずれ王妃の立場になる身なんだ、お母君と同じように。そりゃ色々心配にもなるだろうなぁ……自分ときょうだいと両親との複雑な関係性を自分の未来に重ねたら……)

内海の向こう側にあるガルフォッツォ王国の港町までは船でほんの数時間もあれば着くという。距離としては近くとも、しかしそこは異国だ。言葉も文化も気候も大きく異なる地。そんなところへ嫁いでいくだけでも不安は尽きないだろうに、そのうえ未来のそういった心配まで抱えなくてはいけないとは。それもまだ十四歳という若さで。

「そんなことはないですよ殿下！　殿下のような御方を伴侶に迎えたら、もう他の女性のことなんて絶対に目に入らなくなるに決まってますからっ！」

「まあ、ニコラ様……どうもありがとう」

王女は微笑むが、そこにはまだ物憂げな陰が濃く残り、ニコラはなんだか切なくなる。

(この夏が去ったら、この方はもうあちらの地か……幸せに暮らしてほしいなぁ……ご婚約者の王太子様、素敵な人だといいな)

ニコラはひそかにそう祈った。このひと月あまりの間にニコラは外見のみならず人柄も素晴らしいこの王女のことをすっかり好ましく思うようになっていた。

(うーん、でもお相手の王太子様、ガルフォッツォの男の人だからなぁ……)

何しろ、灼熱のガルフォッツォ王国といえば情熱の国だと、ガルフォッツォ男といえば無類の女好きだと、いつだったかメラニーも言っていた。そんな国の王族ともなれば、桁(けた)外(はず)れのとんでもない女好き、みたいな人だったりするのではないかと心配になってしまう。

「あのっ、殿下、あちらの国へお輿入れなさったあとにお辛いことなどありましたら、良かったら私のこと、どうぞ呼び出してやってくださいね！　いや、私じゃ何もできませんけども、ちょっとした気晴らしの相手くらいにはなれるかもしれませんので……！　お心も少しは軽くなるかもしれませんし！」

「まあ……その言葉だけでわたくし、今とても心が軽くなりましたわ。ニコラ様は、これまでにガルフォッツォ王国に渡航(とこう)されたことがおありなの？」

「あっ、いえ、それはないんですけども……他の異国へも渡航経験はまったく……で、ですけども殿下がお呼びとあればすぐさま飛んでいきますからっ！」

「ありがとう、ニコラ様……心強いですわ、本当に」

王女は嬉しげに微笑んで、ティーカップをそっと持ち上げた。ニコラも、この王女のために自分のできる限りのことをしようとしみじみ思いながら、渇(かわ)いた喉(のど)を紅茶で潤(うるお)した。

この日課のお茶会でふるまわれるのは、紅茶も菓子類も非常に美味な高級品ばかりである。初めのうちはそれを味わう余裕もなかったものだが、今ではその味も香りも見た目もしっかり堪能(たんのう)できるようになっていた。

（薔薇の形の砂糖菓子、いつも美味しいなぁ、見た目も可愛いし……こっちのミルク色の新顔のも冷たくて美味しい……あ、さっきの希少な柑橘ももっと食べとかないと！）

ミグラス邸では到底用意できないような品揃えの菓子たちを前に、ニコラはあちこち目移りしつつ、ついついあれこれ摘まんでしまう。

向かい側で、王女がくすくすと楽しげな笑い声をもらす。

「ニコラ様もやはり女の方ですのね。こんなにも美男子のごとき外見をお持ちですのに、目をきらめかせてとっても幸せそうにお菓子を味わっていらっしゃるお姿を見ているとやはり女の方なのだと実感致しますわ」

「そ、そうですかね……？」

普段言われることのない言葉に思わず少し照れてしまって、ニコラは紅茶を一気にがばりとあおった。

「ニコラ様は、そういえば、常に男装姿でいらっしゃると侍女が申しておりましたけれど」

「あ、はい……」

ニコラは、王女とのお茶会は男装姿で臨むようにと申しつけられているが、それ以外の時間は特に着るものを定められてはいなかった。侍女たちは毎日、ニコラのために、ドレスや貴族令嬢らしい部屋着も含めたいくつかの衣装を用意してくれている。

が、その中からニコラはいつも、自ら男物を手に取っていた。

「ドレスはお嫌いなのかしら？」

「あ、えっと、気づいたらこの格好が当たり前になってしまっていて、普段着慣れていないものはちょっと選びにくくて……家にも女物はないくらいなので、私……」

まあ、と王女は目を丸くしてから、ひとつ頷いた。

「わかる気が致します。日頃着慣れていないものには抵抗を感じますものね。わたくしも今、ガルフォッツォ風の衣装をいくつか仕立てていますけれど……あちらのドレスはかなり肌の露出が多いものですから、着るのがどうしても恥ずかしくて」

「ああ、かなり暑い国の衣装ですもんねぇ」

しかしアリアンヌ王女ならば、腕や肩を思いっきり出すようなドレスであっても品良く可憐に着こなせるのだろうなとニコラは思う。王女の可憐さには毎日向かい合っていても見慣れるということはない。女の子らしいふわふわとした愛くるしさ、守ってあげたくなるような儚さは、たびたびニコラの目をひいた。見とれてしまうたびに、まるで正反対のような容姿で生まれてみたかったなぁと、思っても仕方のないことを思ってしまう。

我が身のことを思ってニコラはついついしょげてしまう。こんな可愛さのかたまりのような容姿で生まれてみたかったなぁと、思っても仕方のないことを思ってしまう。

「婚約者と対面した際も、ガルフォッツォ風のドレスで赴く予定でいたのですけれど、どうしても恥ずかしくて断念してしまいましたの。ですからこちら風の正装で臨みました」

「あ、ご婚約者の王太子様とお会いしたことがおありなのですね」

「ええ、数ヶ月前……春頃に、一度だけ顔合わせの機会がありました」

「あのう、どんな御方だったのですか、お相手の王太子様は……?」

ニコラはおそるおそる聞いてみる。見るからに女好きな、いかにもなガルフォッツォ男、みたいな人間だったのならどうしようとハラハラしつつ。

しかし王女は困り顔で首を横にふった。

「あちらの御方のことは何も覚えていないのです。例によって、ひどい緊張をしていたものですから……恥ずかしながらわたくし、失神をしてしまって……」

「しっ、失神ですか!」

「ええ……あの日は初めからひたすら俯きっぱなしで、婚約者のお姿を見ることも会話することもろくにできないうちに、ばったりと失神を……ああ、なんて情けないのでしょう」

王女が可愛らしくため息をつく。

「そのことがあって、父王はわたくしの現状に強い危機感を抱いたようです。わたくしが男の方を苦手としていることは前々から父王もご存じでしたけれど、まさか失神するほど重症とは思ってもみなかったのでしょうね……それでニコラ様に、このたびの特訓の依頼をなさったのだと思いますわ」

「ああ、なるほどそういった経緯で！」

「ですからあちらの御方については、わたくしはほとんど存じ上げず……顔合わせの際に同席していた女官長によると、いきなり失神したわたくしを咄嗟にしっかり支えてくださった素敵な殿方だったそうですけれど。御歳は、二十一だったかしら」

「あ、そんなに年齢差のないお相手なのですね！　良かった、王家の御方同士だととんでもない年の差での婚姻もあると聞きますから」

「ええ、距離も縮めやすそうですし、年の近い御方で良かったと思っておりますの。そう、距離をしっかり縮められるよう、あとはガルフォッツォ語も万全にしておかなくては」

「昔から習っておいでなのでしょう？」

「他の諸外国の言語とこんがらがってしまって、少々仕上がりに不安が残っているのです。ニコラ様は？　語学はお得意なのかしら」

「私はガルフォッツォ語くらいしか。それですら流暢とはいえない感じですねぇ……」

ニコラは苦笑いをこぼす。以前はミグラス邸にも若い語学教師が数人いたのだが、皆すぐに去って行ったのである。女性教師はイケメンなニコラに夢中になりすぎておかしくなり、男性教師はニコラへの嫉妬でおかしくなり、語学教師に限らず礼儀作法の教師も使用人も若手は皆そんな感じで、かつてのミグラス邸では不穏な争いが頻発していた。その結果、若手たちは疲弊しきって辞めていったり辞めさせられたりして姿を消し、そして今のミグラス邸は血の気の多くない落ち着ききった老齢使用人のみという現状に至ったのである。

「しかし殿下は習得すべきものが本当に多種多様で大変ですねぇ……語学だけでなくダンスなども諸外国のものを色々と習っておられるのでしたよね」

「ダンスには楽しんで取り組んでいますから学習という感じもしないのです。楽しくとも、どの国のダンスも不得手ではあるのですけれど。わたくし、ステップが不格好で……」

「あ、よろしければ練習相手になりましょうか？　私、ダンスの男役はやり慣れてるので」

何せニコラはあちこちの舞踏会で令嬢たちにせがまれてさんざん相手を務めてきた身である。リードはお手の物だ。

「まあ……よろしいのですか？」

「勿論です！　何でしたら今ここででも全然構いませんし」

立ち上がって手を差し出せば、王女もおずおずと立ち上がった。楽の音もない室内でゆったりと踊りはじめると、壁際の侍女たちがうっとりと見つめてくるのがわかった。

踊りながら、ニコラは王女の体格のか細さに改めて驚かされる。

（本当に小柄なんだなぁ……ほっそりした肩……手も小さくて私とは大違いだ……）

あまりの差に段々と切ない気分になってくる。羨みの気持ちが湧き起こってきてしまう。

軽々と見下ろしてしまえる小柄さも、儚く折れてしまいそうな華奢さも、どれも自分には備わっていないもの。やわらかくひるがえる美しいドレスも自分には到底似合わないもの。

子どもの時分にはニコラだって、可愛らしい女物を着用していたりもしたのだ。しかし、十三歳頃からだろうか、身長がめきめきと伸びてイケメン化が急加速し、周囲からきゃあきゃあ騒がれはじめて男装を求められだして、いつのまにやら着なくなっていたのである。

ニコラの中には実のところ、思いっきり女の子らしい衣装を身にまとってみたいというひそかな憧れがあったりもするのだが、実際にそうしてみる気はさらさらなかった。似合わないに決まっているものを自ら手に取って着用するのはなかなか難しいことだった。

(なんか女物ってだけで今さら気恥ずかしいし……すっかりイケメンに染まりすぎちゃったかな。女物を着る機会なんて今後もないのかも……ましてやドレスで踊る機会なんて)

ニコラはもはや男役ばかり何年も担いすぎて、女役のステップは忘却の彼方なのだった。ため息も切なさも押し殺して、ニコラはイケメンとして王女をリードし続けた。

窓から吹き込んでくる夏風の中には、ほんのかすかに、秋の気配が含まれていた。王女の輿入れ時期は秋、もうじきなのだ。王女は今やニコラとここまで打ち解けていて、男慣れもしっかりできている。この離宮での自分のお役目もそろそろ終わるんだなぁと、ニコラはなんとも感慨深い気持ちで、そう思った。

しかし、アリアンヌ宮に激震が走ったのはその翌日のことである。国王より遣わされた男性使者と対面した王女が、あえなく撃沈した！　との報が駆け巡ったのだ。

王女は顔面蒼白になり石のごとく硬直し、使者とは言葉ひとつ交わせなかったという。ニコラとの男慣れ特訓以前と何ら変わらぬ緊張状態に陥ったのだ。王女はまったく男慣れできていなかったわけで、アリアンヌ宮の面々は落胆した。

ニコラもまた、夕刻の客室で王女撃沈の件を知り、愕然とした。

（私、全然お役に立ててなかった……！　どうして……⁉）

ニコラは室内の大きな姿見に映る己を呆然と見つめる。今日は鮮やかな青を基調とした華やかな宮廷服を着用していた。夏の盛りにふさわしい、見るからに涼しげな色合いで、どこからどう見てもイケメンだ。男だ。この自分とあれほど打ち解けていた王女なのに、まさか全然男慣れできていなかっただなんて。

そこでニコラは、はっと思い出す。昨日のお茶会で王女が言っていたことを。

（そうだ、お菓子にがっついてる私を見て、私のことをやはり女だと実感するって、そう仰ってた……！　そっか、お菓子食べてる場面に限らず、私の仕草とかふるまいはたぶんずっとそんな感じだったんだ、男らしさがなかったんだ……だから殿下もきっと、いつからか、私のことを完全に女性だと感じるようになって、女性同士として接するようになってたのかも……！　男慣れの特訓になんて、なってなかったんだ……！）

ニコラはがっくりとうなだれる。

（私の失態だ……私は外見以外にも気を配って、積極的に仕草とかふるまいも男寄りにしようと心がけるべきだったんだ……！）

持ち前のイケメン容姿にあぐらをかいて、ただ男装姿で王女と相対するだけだった己をニコラは悔やんだ。なんとかしなければならない。王女も今頃、男慣れできていなかった己に落ち込んでがっくり来ているかもしれない。なんとかしてあげたい。

それに、ニコラの婿取りもこのままでは危うい。王女が充分に男慣れを習得した状態で、ガルフォッツォ王国に無事に輿入れすること。それが、ニコラが褒美の婿を得るための条件なのだ。

（これからは意識的にもっと、ちゃんと男性っぽくしないと！　今度こそ、ちゃんとした刺激物にならなくちゃ……！）

しかしどうやって本物の男性らしくふるまうかが問題だ。これまで男性から遠巻きにされるばかりだったニコラの頭の中には参考にできる記憶はない。かといって女の園であるここでは実際に誰か男性を手本にすることもできない。ならば街の酒場にでも繰り出して生身の男性たちを観察してこようかとも考えるが、しかしそれも難しかった。ニコラの行動は離宮内の、この三階のみに制限されているのだ。輿入れの近い王女の側に得体の知れない謎のイケメンが侍っていて何やら怪しいぞ、などという不埒な噂がたたぬように。

（でも事情を話して許可を得れば行けるかな……？　女官長に相談しに行こうか……）

夕日の射し込む客室でひとり、うんうんと唸って考え込んでいたニコラは、いつのまにか室内にふたりの侍女が佇んでいることに気づいてぎょっとした。ノック音はなかったはずなのに、いつのまに。

見覚えのない侍女たちだった。新入りなのだろうかとその顔をじっと確かめてみて、ニコラはふと違和感を覚える。

その侍女たちは、ニコラを冷ややかな目で見つめてくるのだ。女性という女性は、たいていみんなニコラにぽうっとなるものなのに、宮廷服でバチバチにキメて貴公子然としているニコラに対してこんなにも冷たい視線を向けてくるなんて、なんだか妙な気がした。

（こういう目を私に向けてくるって、まるで男の人……いや、でもそんなわけは……）

なんだかぞわりとして、ニコラは無意識に一歩、後ずさった。すると侍女たちが突然、素早く動いた。ニコラは気がつくと、口元に湿った布を押し当てられていた。

異様な臭い、強烈な目眩。息ができず、頭の中が真っ白にかすむ。力が抜ける。

そしてニコラの意識はぷつりと途切れた。

第2章　灼熱の国の騎士

ひどく耳障りな音が、どこかでしていた。

（音……いや、これは……声……？）

そう気づくと共に、ニコラの意識は浮上した。

浮上するなり、反射的に、暑い、と感じた。額から汗が流れてくるほどに暑い。いくらここが温暖な地とはいっても、いくら今が夏の盛りとはいっても、ここまで暑いものだろうか。

見知らぬ天井が眼前にあった。極彩色の天井画だった。

（これは……水を司る神……？）

水を司る神が、無数の蝶と戯れている様が描かれていた。神話の一場面のようだ。

（珍しいな……天井画とか絵画に描かれる神話っていったら、太陽を司る神のものが一般的なのに）

視線を巡らせてみれば、壁紙の金色模様も扉や取っ手の装飾も、どこもかしこも異様にきらびやかだった。

ニコラの中で、不安が蠢きだす。

(何、ここ……？　こんな雰囲気、知らない……こんな部屋知らない……)

自分は今、見知らぬ部屋の中にいる。

そうはっきり自覚して、汗がさらに噴きだしてくる。

鼓動が速まるのを感じながら、この状況に至るまでの記憶を懸命にたどってみる。アリアンヌ王女が男性との面会に失敗した件を聞いた、それで今後のことを思案していたのだ、それから室内に不審な侍女たちが現れて……そう、何かを嗅がされて意識を失ったのだ。そして今——ここにいる。

(どういうこと……？)

絶えず聞こえてくる耳障りな声があった。複数人が会話をしているようだった。

声の主たちは同じ室内にはいない。この室内にはニコラだけだ。どうやら扉の向こうから聞こえてきているらしいので、ニコラは扉に近づいて会話の中身を聞き取ろうとしたが、できなかった。身動きがとれなかったのだ。

(えっ、縛られてる……！)

両手が縄で後ろ手に縛られていた。両脚もだ。ニコラはなぜなのか、見知らぬ部屋で、拘束された状態で、床に転がされているのだった。

鼓動が一層速まってくる。何でもいいから現状についての手がかりが欲しくて、ニコラは絨毯の床を這いずるように移動して扉ににじり寄った。向こう側にあるらしい別の部屋へ、懸命に耳をそばだてる。

声はどれも男の声だった。自分の鼓動がうるさいせいで会話の中身がなかなか聞き取れなかったが、しばらく耳をすませ続けたのち、ニコラは息をのむ。

(ガルフォッツォ語だ……!)

隣室に居るのは、ガルフォッツォの言葉を流暢に使う男たち……はっとしてニコラは室内を見回した。肌に馴染まない、派手できらびやかな装飾。ユマルーニュ王国ではあまり目にすることのない、水を司る神を描いた天井画。そしてニコラの知らない種類の、この激しい暑さ。

ニコラは確信した。

ここは異国の地だ。灼熱のガルフォッツォ王国内だ――

混乱がますます深まる。意識を手放している間に、内海をとびこえて、どうしてはるばる異国へなど来ているのか。誰かに運ばれたとしか考えられないが、どうしてそんな異様な事態に。

不意に隣室で大きな音が弾け、ニコラの心臓はとびはねた。何かが何かに勢いよくぶつかったような激しい衝突音だった。次いで男たちの怒声がいくつもあがる。甲高い金属音のような音も次々に響きだす。

ニコラは青ざめるしかない。何が起こっているのかもわからず、とにかく這いずって扉から距離をとる。

その扉が、音を立てて勢いよく開かれた。ニコラは反射的にふりむいた。

扉を開け放したのは、ひとりの青年だった。

床に転がるニコラを見下ろしてくるその目は、漆黒の色をしていた。その髪もまた漆黒で、目鼻立ちがくっきりとしている。ふりそそぐ陽光をたっぷり浴びたような褐色の肌といい、まさしくガルフォッツォ、といった容貌の青年だった。

彼はまっすぐに見下ろしてくる。どこか戸惑ったような表情で。

ニコラは動けない。この状況に、もはやついていけなくて、頭も体も固まってしまっていた。

両者とも何も発さず、沈黙は広がるばかりだった。そういえば隣室もひどく静かになっているとニコラは気づき、扉を開け放した青年の向こう側に視線を動かす。

隣室の床に三人の男が倒れていた。意識はなさそうだが死んではいないようだった。皆、抜き身の剣をにぎったまま倒れている。目の前に立っている青年もやはり右手に剣を提げている。この青年と剣で切り結んで、向こうの三人は敗れた、ということらしい。

「えーっと……君は、誰なのかな？」

小首を傾げながら、青年はなめらかな低音の声で、そう口にした。この異様な状況にはまるで似つかわしくない、なんとも軽い口ぶりだったので、ニコラはいささか力が抜けた。

あなたこそ誰なんですかっ！　これどういう状況なんですかっ！　と質問攻めにしたいニコラだったが、だいぶ前に習ったガルフォッツォ語の記憶を体によみがえらせるのに少々手こずった。聞き取ることはできても口から発するのには手間取ってしまう。

頭の中でガルフォッツォ語の単語の記憶を引っ張り出していると、突然、けたたましい足音がどこぞから響いてきた。複数人の足音が、明らかにこちらにばたばたと迫り来ている。何やら口々にわめいてもいる。勿論ガルフォッツォ語で。

わけもわからず焦りが込み上げてきてあたふたと周りを見回すしかできないニコラだったが、次の瞬間、頭が真っ白になった。

一瞬のうちに、青年の腕の中にいたのである。

青年に、いとも軽々と、全身を抱き上げられていたのである。

「な……っ!?」

ニコラは仰天した。

人を抱き上げる機会はやたらあったけれども抱き上げられる側になることなどただの一度もなかったこの自分が、今なぜだか、軽々と抱き上げられて宙に浮かんでいる——！

雷に打たれたような衝撃だった。とんでもない珍事に呆然とするばかりのニコラを抱きかかえたまま、青年はすたすたと部屋の奥に移動し、窓のそばに据えられた立派な執務

少々狭すぎた。

机の下にするりと潜り込んだ。ニコラごと、である。ふたりが潜り込むにはその空間は少々狭すぎた。

(ち、近い……!)

青年とニコラの間に距離などというものは存在していなかった。膝を抱えてうずくまるような形のニコラを、青年が背後から抱きすくめるような格好になってしまっている。

ニコラは大いに動揺した。未だかつて男性とこんなに接近したことはない。接近どころか密着だ。ニコラはイケメンにしか見えないが中身はれっきとした十八歳の乙女なのである。これはちょっと刺激が強すぎる。もぞもぞ身動きして少しでも彼との間に隙間をつくろうと試みる。

「君、ちょっと動かないでいてね。お願いだから静かにしてて」

耳元で低音の声で囁かれて、静かにしていられるわけがない。動揺がますます加速して喉から叫び声が飛び出しそうになるが、それを察知したのか青年はニコラの口を大きな手でふさいだ。

「おい、このザマは何なんだ! 何があった!?」

突然、柄の悪いわめき声が響いた。隣室からだった。つい今し方、けたたましい足音をたてて駆け込んできたようだ。

「おいおまえら起きやがれ! だらしねえな!」

「あーダメだ、こりゃあ当分目ぇさましそうにねえ。どうしたってんだよ一体よぉ」

連れ立ってやってきたらしい複数の男たちが口々にわめいている。

「ああっ？　おいおいおいおい！　もぬけの殻じゃねえかよ⁉」

今度はこちらの部屋へ、どすどすと乗り込んできたらしい。すぐそこに迫る柄の悪い男たちの気配に、ニコラは身震いした。

「なんでだよ⁉　両手両脚きっちり拘束してたってのに！」

「じゃああれか、このザマはぜんぶあのユマルーニュ野郎の仕業ってわけか。自力で拘束ほどいてあっちの三人ぶちのめして逃げ出しやがったのかよ……クソッ、舐めやがって」

「腕の立つような野郎にゃ思えなかったんだがなぁ。妙に見てくればっかり良くて身なりも上等でよぉ」

「せっかく苦労して持ち帰った手駒だってのに、クソッ……とっとと見つけねえと、またどやされる！　あの御方にバレねえうちに捜し出すぞ！」

「おい待て、こいつらはどうする。ここに置いてはおけねえだろ」

「ああもうめんどくせえな、役立たずどもがよぉ……」

重い重いと口々に文句を吐きながら男たちはどたどたと騒々しい物音をあげていたが、次第にその足音も遠ざかって行き、やがてすべての音は途絶えた。

辺りはしんと静まり返り、もうここにも隣にも誰の気配も残ってはいないようだった。

しかしニコラの耳の底では男たちのわめき声がいつまでもこだましていた。彼らが話していたのは、ニコラのことに違いなかった。

(今の人たちが私をここへ連れてきた……なんで……？　手駒って私のこと……？)

わけがわからない。なぜこんな恐ろしい事態の中に放り込まれてしまっているのか。

「おーい、君、大丈夫？　俺の声聞こえてるかな、わかる？」

気がつけば、漆黒の双眸がすぐ目の前にあった。青年が気遣わしげな顔をして間近からニコラを見つめていた。

この人はどういう立ち位置の人なのだろうと、ニコラは不安になる。先ほどの男たちの仲間ではなさそうだが、だからといってニコラに害を為す者ではないと言い切れない。

しかし彼は、ふるえの止まらないニコラの手をなだめるようににぎってくれていた。ニコラよりも大きな手は温かかった。その熱のおかげか、次第にニコラの強ばった心持ちは少しずつ和らぎ、耳の底で響く男たちのわめき声も薄らいでくる。

「あれっ……」

気がつけば両手の拘束も両脚の拘束もほどけていた。いつのまにか青年が縄を断ち切ってくれていたらしい。

「ど、どうも、ありがとうございます……」

「おや、ガルフォッツォ語。わかるんだ？」

「まあ少々……」

「じゃあさっきの連中がまくしたててた内容は聞き取れたわけだね」

青年がにこりと笑う。

「君は今かなりの混乱の中にいるだろうけど……うん、とりあえずは場所を移そうか」

青年は窮屈な執務机の下から先に出て、ニコラに対して優雅に手を差し伸べてくる。

「お手をどうぞ、お嬢さん」

「あ、ご親切にどうも……って……えっ、おじょ……⁉」

ニコラは驚きのあまり、頭のてっぺんを頭上の机に思いっきりぶつけてしまった。強烈な痛みが脳天に走って、声もなくうずくまる。

「おや大丈夫？　気をつけないと」

「なっ、なんで……！　どうして私が女だって、わかったんですか……！」

「どうしてって。あれだけぴったりくっついてたらね、そりゃわかるでしょ。それに」

青年は、ぱっとニコラの手をにぎった。

「こんなきれいな肌、女の人のに決まってるし？」

手の甲に口づけられて、ニコラはいよいよ言葉を失った。

女扱いをされている。イケメン扱いされてばかりの人生だったのに、今うまれて初めて、女性として扱われている。

信じがたかった。それは異国の地に知らぬ間に連れてこられていると気づいたとき以上の衝撃だった。

「というか君、どうして男装を？　最近のユマルーニュ王国の流行りとか？」

「これは……込み入った……事情が……お役目が……」

「なんか白目剝いてるけど大丈夫？　さっきの当たり所が悪かったかな……動ける？　あ、また抱き上げてあげよっか？」

とんでもないことを笑顔で提案され、ニコラは白目を剝いたまま執務机の下から急いで這いだしてシャキッと立ち上がった。また抱き上げられたりしたら、更なる衝撃で意識を手放しかねない。

「それじゃ一旦あっちで腰をおろそうか、不穏な連中の気配もとりあえず絶えたことだし。俺も色々と聞きたいことあるし、君だって知りたいことたくさんあるでしょ」

「それはもう、山のように……」

青年のあとをニコラはよろよろついていく。書斎のような部屋を出て、隣室に移動する。

気絶していた三人の男たちが一掃されている室内はなかなかの広さだった。談話室らしい。豪華な調度品が備え付けられており、こちらもやはりきらびやかな装飾で、いかにも異国といった感じがして、ニコラの気は一向に休まらなかった。

よろめくようにソファに座ると埃が広がって、ニコラは盛大にむせる。よくよく見てみれば卓上や床も埃っぽくて、あちこちに蜘蛛の巣まである。廃屋のような有様にますますニコラの混乱は深まる。

「なんで、こんなとこに……ちょっと前まで王女殿下のきれいな離宮にいたのに……」

「王女殿下って、ユマルーニュ王国の末王女アリアンヌのこと？」

思いがけず反応があってニコラはぎょっとした。心の嘆きが声に出てしまっていたらしい。青年はニコラの向かい側のソファに腰をおろすと、興味深そうな顔つきで身を乗り出してくる。

「君はアリアンヌ王女と知り合いなの？」

「えっ、はあ、そう……ですね、はい」

「年の頃も近いよね。友人？　それとも恋人関係とか？」

「そっそんな恐れ多いっ！　お側にお仕えしてただけです！」

「王女の側付きか……なるほどね」

何やらふむふむと青年はひとりで頷いて納得している。ニコラも何らかの納得がしたかった。このわけのわからない状況下における情報が欲しい。すがるように青年を見れば、彼はにこりと場違いな明るい笑顔を向けてくるのでニコラは思わず気が抜ける。

「側付きなら、君も知ってるでしょ？　ユマルーニュ王国の王女アリアンヌと、ガルフォッツォ王国の王太子との婚姻の件」

　突然の思いも寄らぬ話題に面食らいつつ、ニコラは頷いてみせる。

「その婚姻をね、潰そうとしてる何者かがいるんだよね」

「え⁉」

　ニコラは目を剝く。

「婚姻をぶち壊そうとする妨害工作がこれまでに色々と起こっててね。あ、ちなみに俺はそれを阻止すべく奔走してる身なんだけど。妨害工作の痕跡から足跡を追ってこの辺りにやって来て、今さっき、拘束されてる君を見つけたってわけ。で、君はおそらくね、その妨害工作の一環として、さらわれてきたんだと思うよ」

「わっ私がっ⁉　えっ、なんで⁉」

「君が王女の恋人だから」

「はっ⁉　いやいやいや、だからそれは違いますって！」

「うん、そう勘違いされたって話だよ。おそらく王女のもとには間諜が潜り込んでたんだろうね、それもポンコツな間諜が。間抜けなそいつは君を見て盛大な勘違いをしたんだろう。王女の側付きの女性ではなく、王女の恋人の美青年だって」

「へ……」

「そう誤解されるような心当たり、ない？」

「……」

あった。大いにあった。アリアンヌ宮ではいついかなるときも男装姿でキメていたし、王女とは毎日欠かさず室内で密会していたし、確かにあれでは恋人っぽさ満載だ。他の階には行かずにひっそりと暮らしていたが、そのひっそり感がかえって秘密の恋人っぽさをますます増幅させてしまっていたかもしれない。

きっとあのとき客室内でニコラに何かを嗅がせた不審な侍女たちこそが潜り込んでいた間諜だったのだろう、そしておそらく女装男だった。複数の男手でならニコラひとりなど容易く運び出せたことだろう。

「で、ですけど……婚姻妨害工作の一環として、王女の恋人をさらってくるって、なぜにそんなこと……？」

「使い道は色々あるんじゃない？　他国の王太子との婚儀を間近に控えてる王女の秘密の恋人なんて、存在自体が醜聞だし。さらってきて痛めつけるなり買収するなりして取り込んで、王女の弱みを吐かせたりとかね。王女はこの国の王太子にふさわしくない好色女だ、みたいな証言をさせたりとかね」

「こっ……そんな、酷い！」

ニコラは憤慨して思わず立ち上がっていた。

「そんな御方じゃないですよ！　殿下はそれはもう可憐でおしとやかで頑張り屋で、まあ多少は失神したりもしますけど！　でも！　克服しようと頑張ってるんですからねっ！

好色だったらあんなに苦労してないんですからね……！」

「うん、ちょっとよくわかんないけどまあ落ち着いて」

青年も立ち上がって、馬をどうどうと落ち着かせるようにニコラの肩をおさえる。

ついつい声を荒らげてしまったニコラは、息を整えながら目の前の青年をふと見上げる。

彼とかなり近い距離で向かい合う形になり、ハッと初めて気がつく。

（この人……！　背が！　高い！）

青年はニコラを見下ろせるくらいの高身長だった。これほど自分と身長差のある男性にニコラは初めてお目にかかった。ガルフォッツォ王国では珍しくない体格なのだろうか。

異国の男に目を向けてみたら、とか言っていたメラニーの顔がふと思い浮かび、ニコラは首をふって追いはらう。今はそんなことを考えている場合ではない。絶対にない。王女の婚姻潰しの手駒としてさらわれてきてしまったこの厄介な状況を打破することを考えなくては。

「わっ⁉」

不意に彼が顔を寄せてきて、おまけに彼の指先で顎を持ち上げられたせいで、ニコラは素っ頓狂な声をあげてしまった。慌てて後退しようにも、ソファに阻まれて動けない。

「ちっ近いのですけどもっ⁉」

「近づけてるからね。じっと見つめてくるから、もっと俺をよく見たいのかなと」

「もう充分ですのでっ！　お気遣いなく！」

「そう？　遠慮しなくてもいいのに」

にこっと彼は笑ってみせて、逆にニコラをじっと見つめてきた。

「うん、顔色も良くなってきたかな……初めは随分と真っ青だったけど、もう大丈夫そうだね」

ニコラの顎から指を離すと、彼はニコラの肩を励ますように軽く叩いた。

「まあ、そう心配しないで大丈夫だよ、俺がなんとかするから。どこの誰がこんな傍迷惑な企みの首謀者なのかはまだ調査中だけど、一応手がかりもあるんでね」

彼の笑みには余裕があり、声音も落ち着いていて、たのもしく感じられた。

（この人は、どういう立場なんだろう……やっぱりガルフォッツォの王家に仕える人かな。婚姻潰しを阻止すべく奔走してる身、ってことはそういうことだよね）

二十歳をやや過ぎたくらいの年頃に見える。腕もたつようだし、容貌も華やかなので、王族の側近くに仕える護衛騎士といったところだろうかとニコラは見当をつけた。

服装もまさにそういった感じで、白を基調とした華やかな騎士服が実によく似合っていた。ニコラも似たような型の騎士服を幾度となく着用したことがあるが、やはり本職の人となると着こなしが違うなぁとひそかに感嘆する。暑い気候ゆえか襟元をゆるめているが、彼はそれでもだらしなく見えず、むしろ様になっていた。

「あのう、あなたは……」

「おっと失礼、名乗ってもいなかったね。俺は……そうだね、ルーナとでも呼んで」

「ルーナさんは、王家に仕える方なのですか？」

「まあ……そんな感じかな。王国の、忠臣だよ。王国のため身を粉にして働いてる立場」

にこりと笑って、ルーナはニコラの顔をのぞきこんでくる。

「君のことはどう呼べばいいのかな、ユマルーニュ王国のお嬢さん」

「あっすみません申し遅(おく)れました、ニコラ・ミグラスと申します！」

「それじゃあニコラ、そろそろ行こうか」

「へ？　どこへ……」

「どこって。帰りたくないの？　ユマルーニュ王国に」

「え……あ、帰りたいです勿論(もちろん)！　えっもしや私を送って頂けるのですか……！」

ルーナは呆(あき)れたように苦笑(くしょう)する。

「放り出すわけないでしょ、女の子ひとりで。といってもね、申し訳ないけど、すぐにというわけにはいかない。ユマルーニュ行きの交易船に乗ってってもらおうと思うんだけど、次の出港が明朝だからそれまではどこかに滞在(たいざい)してもらうことになる。それでもいい？」

「はいっ勿論！　ありがとうございます、助かります……！」

妙な企みに巻き込まれてしまったのはひどい不運だったが、この親切な騎士に出会えたのはかなりの幸運だったといえる。先の見通しがたって、ニコラは胸をなでおろした。

「港の近くの宿屋にでも滞在してもらうとして、ここからだとちょっと距離があるんだよね。ニコラ、馬は乗れる？ 北門から出るとしても小一時間は馬を走らせないといけないからさ。というかここから北門まで行くのだけでも時間くうし、まったく、王宮ってのは無駄に広くて嫌になるね」

「え」

ニコラは息をのみ、ルーナを凝視する。

「今……王宮って言いました……？ えっ、ここ……ここって王宮なんですか⁉」

「言ってなかったっけ？ うん、王宮だよここは。ガルフォッツォ王国の中心地」

「ほ、ほんとに……？」

ニコラは周囲をきょろきょろと見回す。確かにこの部屋の調度品は豪華で、きらびやかな装飾もそこらじゅうに施されているが、どこもかしこも埃っぽいし蜘蛛の巣まみれだ。どう見ても廃屋にしか思えない。

「まあ正確に言うならここは、王宮敷地内のうちの、端の端、という位置だけどね。王族が住まう王宮や庭園をぐるっと取り囲んでる広大な森があって、その中にぽつんと建ってる小さな館がここ」

「森の中の、館……？」

「大昔、何代も前のガルフォッツォ国王が愛妾のために造らせた館らしいよ。日々の政務とか諸々から離れて、静かな森の中で心置きなくお気に入りと楽しむための隠れ家、ってとこかな」

「な、なるほど……」

急にこの場が何やら妖しい感じに思えてきてニコラはどぎまぎした。

「今やすっかり忘れ去られた廃屋ってわけだけど、婚姻潰しを目論んでる連中が勝手に拝借してるようだね。おそらく首謀者が、さっきの柄の悪い連中を……おそらく街で雇った安いチンピラ連中を手下にして、引き入れてここに潜伏させてるんだろう。何か首謀者の正体につながるような痕跡があるといいんだけどね、まあとにかく今は港の宿屋まで君を送り届けるのが先決だ」

行こう、と促されてニコラはルーナの後をおとなしくついていく。

だいぶ平静は取り戻せていた。危うく不穏な企みの手駒などにさせられるところだったが、とりあえずこの異様な状況から逃れられそうだ。早く無事にアリアンヌ宮に帰って、しっかりお役目を果たさないといけない。ちゃんともっと本物の男性のように接して王女に今度こそしっかり男慣れしてもらわねばならない。

（ああ、でもお手本がいないんだったなアリアンヌ宮には……私の身近にもお手本になるような男の人はいないしなぁ……もっと王女殿下に強い刺激を与えられるような……本物の男性のお手本……）

うんうん唸りつつ思い悩んでいると、前を歩くルーナが不思議そうな顔でふりかえってくる。

「どうかした？　うんうん唸って」

「いえ別になんでも……お気になさらず……」

「あ、ちょっと動かないでニコラ」

ルーナがまたもや顔を寄せてきて、しかも大きな手をのばしてきて頭に触れてくるので、ニコラはぎょっとした。

「なっなんですか今度はっ⁉」

「うん、埃やら蜘蛛の巣やらがあちこちにくっついちゃってるからさ」

「えっ、あ、ありがとうございます……」

ニコラの髪や肩の辺りに付着したそれらを器用に取り除いてくれるルーナをニコラは至近距離からどぎまぎしつつ見上げていたが、不意に、ハッ！　と思い至った。

（これだ……！　この人だ……っ！）

ニコラはカッと目を見開いて、目の前の騎士を食い入るように見つめた。

（本物の男性のお手本っ！　この人こそぴったりだよ、そうだよ、ルーナさんをお手本にすればいいんだ……！）

申し分ない人材だ。やたらと見栄えの良いこの人は、素晴らしいお手本になる。仕草も身なりも、いきなり手に口づけてきたり顎を持ち上げてきたり顔を近づけてきたりするようなふるまいも。

やけに距離が近くてちゃらちゃらとした接し方は、まさしくこれぞガルフォッツォ男という感じだ。ただの男らしさのみならず、ガルフォッツォ男らしさを習得できたなら尚いいのだ。王女が嫁ぐ相手はガルフォッツォ男なのだから、ニコラがそこに寄せておくと、さらに王女のためになるはずなのだ。

彼から学んだものを持ち帰って、ガルフォッツォ男らしさを身につけたニコラが特訓を行えば、今度こそきっとうまくいくだろう。王女は克服できるし、自分は褒美の婿を得られるだろう。よしっ、とニコラは鼻息荒く頷いた。

「ルーナさん！　ちょっと相談させて頂きたいことが！」

ニコラはルーナに向かってずいっと身を乗り出した。

「あのっ、私！　明日の出港時刻までの間、ルーナさんと一緒にいたいんです！」

「え？」

ルーナは蜘蛛の巣を摘まみ上げていた手を止めて、きょとんとした顔で小首を傾げる。

「えっと、俺は今……口説かれてるのかな？」

ニコラはぶんぶんと首を横にふりつつ、ルーナの胸ぐらをがっしりつかむ。

「私を、男にしてくださいっ！」

「……は？」

「私、男らしさに磨きをかけたいんです！　男らしくならなきゃいけない事情がありまして、それをルーナさんの側で学ばせて頂きたく！　だから一緒にいさせてくださいっ！ただ横に置いといてもらえればいいんです、傍から勝手に観察してますので！」

「ちょっと何を頼まれてるのかよくわからないんだけど……」

ルーナは明らかにドン引き顔をしていたが、しかしニコラはひるまない。

「込み入った事情があるんですっ！　私の男性らしさが増すことで、我が国の王女殿下のこのたびの婚姻がうまくいくんです！」

「え、今回の婚姻絡みなの？　ますます謎が深まったんだけど……」

「何卒お願いしますルーナさん……！」

なんなんだこの子は……というような困り顔を浮かべてルーナが己の頭を掻く。

「一緒にいてほしいって女の子にせがまれたらそうしてあげたいとこだけどね。でも今の俺は例の件の首謀者を突き止めるために王宮内をあちこち動き回らないといけないからさ、君と一緒にいてあげるわけには……」

「迷惑かけないようにしますので同行させてください！　その代わり、私に手伝えることがあればなんでもやりますのでっ！」

咄嗟に協力を申し出たあとで、ニコラは内心で、そうだ、そうすべきだよと深く頷く。

（そうだよ、殿下が無事に男慣れを習得できても、こっちの悪党の企みのせいで婚姻自体が潰されちゃったら何にもならないんだから。だから私も積極的に手伝うべきだよ、あんなに頑張ってた殿下のためにも……それからそれから褒美の婿を得るためにも……！）

ニコラはギラギラとやる気を漲らせてルーナをまっすぐに見上げる。

見つめ返しながらしばし考え込んでいたルーナは、やがて根負けしたように小さく笑いをもらした。

「まあ正直言うと、単独で動いてる俺としては人手が増えるのは助かるところだね」

「え……大変そうなお役目なのに、おひとりで？」

「まあ、こっちにも込み入った事情ってやつがあってね。それに今回の婚姻を無事に成功させたいっていう思いは俺も君も同じようだし……うん、それじゃあ互いに協力し合おうか」

「ありがとうございます……！　勉強させてもらいます！　よろしくお願いしますっ！」

「では早速行こう。この辺りからだと王宮まで行くのにもまあまあ時間くっちゃうからね」

足を踏み出すルーナにニコラも続き、廊下を急ぐ。

その途中、靴裏に何か硬いものを踏んだような感触があった。足をあげてみれば、赤く光る丸いものが、床にぽつりと落ちている。

「宝石……？」

ふりむいたルーナがニコラの視線を追い、片膝をついて赤いそれを摘まみ上げる。

「紅玉か。これはまた随分と値の張りそうな……装飾品から剝がれ落ちたもののようだね。指輪か耳飾りかカフスか……」

「かつてのここの主のものですかね？　大昔の王様の愛妾だったっていう人の」

「いや、それにしては全然埃をかぶってない。おそらく最近の落とし物だろうね……ここを根城にしてる例の連中の」

あ、とニコラが目を見開き、ルーナは笑みを浮かべて頷いてみせる。

「こんなの下っ端のチンピラ風情が持てる代物じゃない。落とし主は首謀者の誰かさんである可能性は高い……いい手がかりになるな」

外に出ると周囲は本当に森だった。

頭上を見上げてみれば、枝葉の合間から射し込んでくる眩しい光は朝陽であるように思える。

（アリアンヌ宮の客室で襲われたのは夕刻だったよね……あそこから港まではすぐだからおそらく夜の内に私は船に運ばれて、それから内海を船で渡った……夜間とはいえ穏やかな内海だし六時間もあればこっちの港に着いたはず。夜明け前くらいには着いて、そこから馬車でこの王宮の森まで小一時間かけて運ばれて、って感じかな……？　それなら、やっぱり今は朝方くらいなのかな）

　木立の中にぽつりと佇む小さな館を後にして、眩しい緑の中を、ふたり並んで進む。

「これまでにも、妨害工作は何度かあったんだよね。いちばん初めのは、先月半ばだったかな……ちょっとした騒ぎがあったんだよ、王宮の片隅で」

　ルーナからの説明をニコラは耳で聞きつつも、目ではしっかり彼を凝視する。
側で学びたいと勢いでお願いしたものの、彼と一緒に居られるのは、明日の朝に交易船が出るまでの間だけだ。たった一日のみというこの限られた時間の中で、王女のためになるように男性らしさをしっかり学ばねばならない。ニコラは気合い充分だった。

（襟元をゆるめてるあの感じ、男の色気というやつを醸し出してる気がする！　ぜひ真似しよう！　それに堂々とした歩き姿も、足の運び方も……あ、あと常に余裕綽々な感じで笑ってるのも頼れる男の人って感じを醸し出している気がするっ！　私もすぐあわあわしないで、こんなふうにならなくては……！）

　そんなニコラの様子に、ルーナは困ったように苦笑する。

「なんだかギラついた視線を感じるな……聞いててくれた？」

「はっはい勿論！　えっと、これまでの妨害工作の件ですよね⁉」

相変わらずあわあわしながらニコラはしきりに頷いてみせた。

「そう、王宮の片隅でちょっとした騒ぎが起こったって話ね。とある保管部屋が荒らされる騒ぎがあったんだ」

ルーナの漆黒の目がやや真剣味を帯びる。

「王家同士の婚姻に際しては、贈答品を取り交わすっていう慣わしがあるんだ。たとえば自国ならではの希少な宝飾品や工芸品、王家の肖像画、特別にあつらえた名酒とかね。このたびのユマルーニュ、ガルフォッツォ両王家の間でも勿論そのやりとりが行われてる。婚約後、数度にわたってね」

「あ、その品々の保管部屋が荒らされたとか……？」

「まさに。ユマルーニュ王家へ贈るために用意された高価な品々が盗まれたり、それだけじゃなくて壊されたりもした。ただの高級品目当ての盗難だったらわざわざ壊していったりはしないでしょ？　どうもきな臭い。その後日、改めて用意された贈答品を積んだユマルーニュ行きの荷馬車が発ったから俺は追いかけたんだ、中身が心配でね。港の手前で追いついて、荷馬車を止めて、中を検めてみたら……酷い有様だった」

ルーナが呆れたように首をふる。彼によると、その贈答品の品々はまたも壊されていた、というより、妙な小細工が施されていたのだという。アリアンヌ王女宛てのドレスが、娼婦の着るような類いのドレスにすげ替えられていたり、王太子の肖像画が、ふざけた道化師の絵画になっていたり、というような有様だったらしい。

「あとは……枯れた白薔薇と白百合と腐った蔦が組み合わさった花束まであったよ」

「えっ酷い！　ユマルーニュ王家の紋章への侮辱じゃないですか！」

「そう、誰がいつのまにあんな悪趣味な小細工を仕込んだのかはしらないけど、どれもこれも明らかに侮辱を目的としてる。あんな代物があのままユマルーニュに到着してたとしたら……」

「た、大変なことになりますよね……？　婚姻取り止めとかにも……」

「うん、なりかねない。婚姻を潰そうとしてる連中がいるようだと、そこで確信になった」

　ニコラは言葉もなかった。思っていた以上に大変な事態に巻き込まれてしまっているようだと、今さらながら呆然としてしまう。

「その荷馬車では収穫もあってね。敵連中につながる痕跡が……特徴的な残り香が漂ってたんだ。おそらく香水かな、甘ったるいミルクの中にかすかな香辛料の刺激が混じってるような香りだった」

　ニコラはその香りを想像しようとしたがピンとこない。香水にはあまり縁がなかった。

「荒らされた保管部屋にも似た残り香があったと保管部屋付きの役人たちが証言したから、確かに連中につながる香りってわけだ。その同じ香りに再び出くわしたのが、つい昨夜のことでね。この森の近くで騎乗の数人とすれ違った際に一瞬かすかに香った。そいつらが森に入ってったのを追って、一晩中捜しに捜してたら古い館を見つけて、その窓の隙間から、ちらっと見えたんだ……明らかに異国の人間が拘束されてる異様な光景が」

「わ、私……？」

「そう。そうやってついさっき、俺は君と出会ったわけだ。咄嗟に助けに入ったはいいけど……でももっと早く見つけられてたらって悔いは残るね」

「わっ⁉」

　ぱっと手をつかまれ、ニコラは慌てた。

「せっかくのきれいな肌なのにこんな無粋な痕が……俺がさっさと見つけ出せなかったせいで申し訳ない」

「いえいえ別にこんなのすぐ消えますから！」

　手首に残る縄の痕を褐色の指先で労るようになぞられ、ニコラはその感触にどぎまぎしつつ、彼の手の動きをじっと見つめた。

（ことあるごとに手をにぎってくる……これがガルフォッツォ男か……！　こんなのたびたび喰らったら王女殿下、大変なことになるのでは……？　帰ったらとにかく殿下の手を

にぎりまくって慣らして差し上げないとなぁ）

　ニコラが難しい顔をしてひそかに決意していると、ルーナが顔をのぞきこんでくる。

「まだ痛む？」

「いえいえいえ全然っ！　御覧のとおりたくましい体格ですので手首だって頑丈で……って、あ……！」

　ニコラは前方に現れた光景に息をのんだ。

　緑の木立が途切れて、ぽっかりと空間が開けている。

　手前に広がる庭園の向こう側に、壮麗な王宮が堂々とそびえたっているのが見えた。

　まだ距離のあるここから見てもその巨大さがわかり、ニコラは思わず釘付けになる。広大な森にぐるりと守られた、ガルフォッツォ王国の中枢。王族が住むというその場所は朝の陽射しを受けて目映く輝いていた。

（ほんとに私、王宮敷地内に居たんだ……随分と大層な場所にさらわれてきちゃったもんだなぁ……）

　ルーナが長い指で王宮をまっすぐに指差す。

「目指すはあそこだね。婚姻潰しの首謀者として疑わしい連中はたいていあの中にいる」

「首謀者の目星がついてるんですか？」

「婚姻を邪魔したい理由のある人間と考えればある程度は絞れるからね」

ルーナ曰く、たとえば王太子の弟たちは、大国ユマルーニュの王女を伴侶に得た王太子が王位継承者として完全に盤石になってしまうのを嫌がる立場にあるので、今回の企みの黒幕である可能性が存在するという。あるいは、宮廷で今現在権勢をふるっている宰相や役人らが、力の均衡が崩れるのを警戒して、大国から来る王女の存在を排除しようと蠢いている可能性もあるし、ガルフォッツォとユマルーニュの二国にこれ以上結びつきを強められたら困るヴォス帝国など他国の回し者の仕業という線も考えられるという。

「な、なんだかとてもたくさん怪しい人が……」

「そこから絞っていけばいいよ。例の残り香も手がかりにして。さっき拾った紅玉もね」

さあ、とルーナに促されて足を進めようとしたニコラだったが、はたと気づく。

「ルーナさん、そういえば私って、今……捜されてません……？」

先ほどの館で、柄の悪い男たちが確かに言っていた。消えたニコラのことを、とっとと見つけないと、と。男たちの耳障りなわめき声がよみがえってニコラは途端にぞっとする。人の居る場所へ行ったりしたら、たちまち彼らに見つけられてしまうのではないだろうか。髪も目も漆黒で褐色肌を持つガルフォッツォ人の中にニコラが交じったら否応なしに目立つ。

「ああ、平気平気。特に問題ないと思うよ」

しかしルーナはあっけらかんと言い、ニコラの手を引いてずんずん庭園のほうへ向かってしまう。

「ちょっ、ちょっとルーナさん、まずいですって！」

「ほらニコラ、見てみなよ。あの中」

ルーナが行く手の庭園を指差す。

王宮の前面に広がる、王宮に負けじと広大な庭園では、整然と手入れされた色とりどりの花々が華麗に咲き誇っていた。しかし、そこに集ってにぎやかに談笑している大勢の人々の格好のほうが、花々以上に色とりどりで色鮮やかで華やかだった。

（な、何これ……）

庭園に足を踏み入れたニコラは、すれ違う人々をまじまじと見つめずにはいられなかった。道化師の化粧を顔に塗りたくっている貴公子に、金色のドレスと金色の仮面を身につけて光を放ちまくっている貴婦人に、揃いの極彩色の衣をまとって練り歩いている老紳士たちの集団。誰も彼も異様に派手な仮装姿だ。

「ちょうど仮装舞踏会の時期なんだよ。王宮の大広間でも街でも、ガルフォッツォじゅうで大がかりな舞踏会が催されてる。会場以外でも、仮装して踊って飲んで歌っての大騒ぎだ。夏の盛りに十日間続くこのお祭り騒ぎの最終日が、今日なんだよね。みんな朝っぱらから浮かれてるなぁ」

確かに誰もが大声で笑い、うきうきした様子だ。楽の音もないのに踊りだしている人もいる。ただでさえ暑いのに熱気がいや増している。

「期間中、ここの庭園は一般に開放されてるから街の人も多く来てるんだ。だから今はね、部外者が目立ちにくい時期なんだよ」

ルーナがにっこりと笑う。なるほどなぁと周りをきょろきょろ見回していたニコラは、あっ、と口を開けた。浮かれた人々の合間に、ユマルーニュの人間と思(おぼ)しき人たちも何人か交じっていたのだ。

「使節団が来てるらしいから、その人らも参加してるんだろうね。これなら君の雪の肌もそんなに浮かないでしょ。その美貌(びぼう)は人目をひいちゃうかもしれないけど」

そのとき突然、背後からニコラの腕を強く引っ張る者があった。まさか例の連中かと一瞬で青ざめたニコラだったが、ふりかえればそこにいたのは、見るからに人の好(よ)さそうな赤ら顔の中年だった。

「おお！　正面も完成度高いじゃねえか兄ちゃん！　こりゃ参った、おいらの負けだなっ」

「え……あのう……？」

明らかに王宮の人間ではなさそうな彼はひとしきりニコラの容姿をほめそやすと、浮かれた千鳥足で去って行った。呆気(あっけ)にとられていたニコラは、ぽかんとしたままルーナを見上げる。ルーナは愉快(ゆかい)そうに笑いをもらしながら、ニコラの全身をしげしげと見て頷く。

「どうやら仮装してると思われたようだね。そういえば君は確かに似てるよ、水を司る神に」

「え……」

　水を司る神——と聞いて、ニコラはあの森の中の館で目覚めた直後に見た天井画を思い出した。神が無数の蝶と戯れている、神話の一場面らしき絵だったはずだが、その神の姿がどのようなものだったかはあまり覚えていなかった。

「金の髪に青い目に白い肌を持つ美青年の姿で描かれることが多い神だからね。それに、たいてい青い衣装を身にまとってる。まさに今のニコラそのものだ」

「まあ青ですけども、ただの宮廷服なのに……まさか神様の仮装と思われるとは……」

「まぎれられてちょうどいいよ。水を司る神の格好をする人たちは多いからね」

　確かにそれらしき仮装の人たちは散見された。先ほどの赤ら顔の中年もそんなふうだった気もする。

「人気がある神様なんですね。うちの国ではあまり絵画などでもお目にかからないかも」

「この国は日照りで苦しみがちだからね。水の恵みが切実に欲しいんだろう」

　ニコラは頭上を見上げて納得する。朝からこの刺し貫くような陽射しだ。アリアンヌ宮で感じた暑さなどはここことは比べものにならない。

「今の国王なんて随分と熱心に信奉してるよ。この数年は渇水が酷いせいか年々のめりこんでて……おや、噂をすればだ」

　ふと遠くに向けられたルーナの視線を追ってみると、王宮から十人ほどの一団がぞろぞろと出てくるところだった。

　先頭を歩いているのは、ひどく痩せた中年の男だった。膝裏まで達しようかという長い黒髪が目立っている。その後ろには、揃いの真っ白い衣装を身につけた者たちが粛々と続いている。遠目でも、彼らの周囲にはひんやりとした空気が漂っているように感じられた。

「あれがガルフォッツォの国王だよ。先頭の痩せぎす男が」

「え！」

　目をこらして見てみれば、確かに長い黒髪の人物の頭には金色の冠が載っかっている。ルーナは粛々と進む一団から目を離さないままで、どことなく真剣な顔つきだった。

「後続が神官たち。今夜の儀式の準備をしに向かってるところだろうな。あの王宮の裏側には神殿があるんだよ。水を司る神のための神殿がね」

「今夜、何かの儀式が？」

「この仮装舞踏会の十日間も、言うなれば一連の儀式なんだよ。地上で派手に着飾って騒いで、つれない態度の神の気をひきつける。そして最終日の夜にその総仕上げとして、神殿できっちりと儀式を執り行う。水を司る神に、雨を乞うわけだ」

なるほどなぁと頷いているニコラの背中に、どんっと衝撃がぶつかった。

ふりかえると、花の妖精のようなふわふわとした仮装をした女の子が、ニコラの背後で尻餅をついていた。

「やだごめんなさい！　あたしったら余所見してたから！」

申し訳なさそうにしている彼女を助け起こそうとしたニコラだったが、それよりも先にルーナが手を差し伸べた。

「さあ、つかまって。せっかくの素敵な衣装が汚れちゃうよ」

「まあ……ご親切にありがとう、騎士様」

ルーナを見るなり、彼女はうっとりと頬を染めた。そしてルーナのほうは、彼女の顔を見るなり、ぐっと身を乗り出して、彼女の手をぐぐっとにぎり直した。そんなふたりに対して、ニコラも傍からぐぐぐっと身を乗り出す。

（ルーナさんがなんか突然ぐいぐい行ってる！　なんだかよくわからないけど絶好の機会だ！　ガルフォッツォ男ならではの女子との接し方を傍から観察できる……！）

花の妖精の女の子は嬉しげに手をにぎられたまま、うっとりとルーナを見上げた。

「ねえ素敵な騎士様、貴方はどなたに仕えてらっしゃるのかしら？」

「大した主じゃないよ。俺も宰相殿みたいな方に仕えたいものだね、君のように」

「まあっ！　どうしてあたしが宰相様付きの侍女だとご存じなのっ？」

「魅力的な女性は目立つものだからね。ねえ、ところで最近の宰相殿ってさ……」

ルーナが女の子と何やらひそひそと会話を交わしたり、ふむふむ頷いたりしているところに、また別の女の子がひらひらと寄ってきた。こちらもやはり花の妖精風の仮装だ。

「あら、紹介しますわ騎士様、この子はあたしの侍女仲間なの」

「おや、君は確か、第二王子付きの侍女では？」

「まあっ、よくご存じですのね貴方！　そのとおりですわ！」

「そうそう、第二王子といえばさ、俺が聞くところによると近頃……」

またもルーナは新たな女の子にぐぐっと接近して、ひそひそ会話を交わしたり、なるほどねぇと頷いたりしている。そんな彼らをじっと見守りながら、ニコラもふむふむと頷く。

（こういう感じでとにかく接近して手をにぎって、じっと目を見つめればいいのかな？　だけど私、王女殿下に対して、あんなのやれる……？　親しみやすい御方だけどやっぱり高貴な姫君なわけだし、あんな接し方するのってヘタレな私には難度高くない⁉）

内心で唸るニコラをよそに、ルーナはにこやかな笑みを絶やさぬまま、花の妖精たちにさらにずずいと接近する。

「ところで君たち、いい香りだね。近頃は甘くて濃厚なミルクの香水が流行りだって聞いたんだけど、使ってる人とか知ってる？」

「え、そんなのあるかしら？　知らないわ」

「普通は花の香りよね。ミルクのなんて嗅いだこともないわ」

ミルクの香水と聞いて、やっとニコラは気づいた。

(そっかルーナさん、さっきから情報集めをしてたのか！　てっきり可愛い女子たちと戯れたいのだとばっかり……！　そうだよ首謀者探しを私も手伝わないと！　それに殿下の特訓に入る前にこっちでああいう接し方を実践しておいたほうがいいよね、うん！)

早速ニコラは通りすがりの女の子に狙いを定めた。水を司る神の仮装をしている子だ。

「あのっ、こんにちは！　あれっ、いや、おはよう……？　えっと、同じ仮装ですね！」

たどたどしい声かけになってしまったが、青い衣装の彼女はニコラを見るなり、ぽっと頬を染めた。ニコラはすかさず彼女の手をにぎり、ずいっと接近をはかる。ルーナのように、にこりと笑うのも忘れない。

「えっと何だっけ、どう切り出せば……そうだ、まずは所属か、あのっ、王宮のどちらで、どなたのもとでお勤めですか？」

「第三王子のところで侍女をしておりますわ！」

「おおっ、それはまた中枢で……えっと最近その方に不審なアレなどは……」

「そんなことより貴方のお話が聞きたいわ！　あたしの自室でお茶をごちそうしますわ！」

彼女は鼻息荒く、ニコラの手を引っ張って進みはじめた。ええっ⁉　とニコラが戸惑っ

ているのにもかまわずにずんずん前進し、気がつけば庭園を後にしていた。ぐいぐい引っ張られてい
くうちに、もう王宮の表口が目の前だった。さすが情熱の国、女子もぐいぐい感が凄い。

イケメンに狙いを定めた女子の腕力は並大抵ではなかった。ぐいぐい引っ張られてい
しかし前方を見て、ああ助かったとニコラは安堵する。王宮入り口には厳めしい衛兵が
どどんと立っていた。どこからどう見ても部外者なニコラは止められるはずである。だが。

「あ、お疲れ様ぁ。こっちの彼はあたしの部屋行きでーす、一緒に通りまーす」

「おー。ほどほどになー」

「ええっ⁉」

するっと入れてしまった。衛兵、さらっと通してしまった。

(ちゃんと仕事してよ……！　もうやだこの国！　何なの情熱の国……！)

さらに奥へ奥へとぐいぐい引っ張られながら、このままでは鼻息の荒い女子に連れ込ま
れてしまう！　とニコラは焦った。

しかし行く手を遮る長身の影がするりと現れて、鼻息の荒い女子を足止めしてくれる。

「ごめんね、この子は俺に返してもらうよ」

ルーナが、ニコラの腕から彼女の手を外してくれる。彼女は不服そうに言い募った。

「困るわっ！　あたしっ、この彼が好みど真ん中なのにっ！」

「俺のほうが困るんだよ、この子を連れてかれちゃ。悪いけど他をあたってくれるかな」

ルーナは有無を言わせない笑顔で彼女に手をふりつつ、ニコラを促して足早に歩きだす。

「いやぁ驚いたよ。猛然と引きずられていったと思ったら、するっと王宮内部に潜り込めちゃうんだから」

「私も驚きました……お手数かけてすみません……なんか凄い国ですね本当……」

並んで進む王宮の廊下はどこもかしこもきらびやかだった。すれ違う王宮の人々はやはり誰もが仮装姿で、ただでさえ豪華な雰囲気がより一層にぎやかになっている。

「ちょうど良かったよ、今度はこっちで調査にあたろう。さっきの子たちの証言でだいぶ的が絞れたからね。概ねシロかなと思ってた首謀者候補数人がシロだって確信得られた」

「あの、私も真似して情報集めしてみようと思ったんですけど、ただ女子の鼻息を荒くしただけで成果は得られずで……面目ないです……」

「ああ、なんかたどたどしく一生懸命やってたね。やたら接近したり手にぎったりしてたあれは俺を真似てたの？　なんだっけ、ニコラは男になりたいんだっけ」

「なんか語弊が……うーん、なんと言えばいいのか……」

「ちょっとその件は俺までよくわかってないんだけど、俺は何かするべき？」

「いえいえそんな、傍から勝手に拝見させてもらってますので、そのままでいてください！　ルーナさんは大事なお役目も抱えてるわけですし、私も今度こそ、ちゃんと戦力になりたいなと……」

そのときニコラは前方に佇む少女に気づいた。三つ編み頭でメイドらしき格好をしている彼女は、何をするでもなく壁に寄りかかってぼんやりとしていた。

（他の人たちと違って仮装もしてないし浮かれた様子でもない……ああいう子相手なら、私でもうまくやれるんじゃ……？　よしっ、ルーナさんから学んだやり方を活かして今度こそ！）

ぐぐっと拳をにぎり、ニコラはルーナを見上げる。

「私も今度こそお役に立てるように情報を集めてきます！　ミルクの香水のことなど聞いてみますっ」

言い置いて、ニコラは小走りに三つ編み少女のもとへと向かう。

近づいてみると、俯いている彼女は随分と物憂げな顔をしていた。

「あの、どうかしました？　顔色が良くないですけど、ご気分でも……？」

ニコラが声をかけると、少女は弾かれたように顔をあげた。そして黒い双眸を見開いて、ニコラをまじまじと真顔で凝視してくる。

自分よりずっと小柄な彼女にやや気圧されつつも、ニコラはにっこりと笑みをつくって、一歩近づいてみる。

「えっと、可愛い格好してますよね、どちらの所属なんですか？」

そうニコラが問いかけた次の瞬間、少女の顔が、くしゃりと歪んだ。みるみるうちに、その黒い双眸から涙があふれだしてくる。

「え⁉　えっ⁉」

　仰天して青ざめるニコラの前で、少女はとうとう幼子のように声をあげてわんわん泣きはじめた。

「えっ、ちょっ……ごめんなさい私なにかしました⁉　失礼なことでも……あっ、可愛い格好とか言いましたけど勿論あなた自身も可愛いですよ！　服だけ褒めたとかじゃないんですよ⁉　ああダメだ止まらない！　お願い泣かないでぇぇ……！」

　少女のとどまることを知らないギャン泣きを前に、ニコラは為す術なくあわあわし続けるしかなかった。

「本当に失礼しました。あたしってば取り乱してしまって」
　恥ずかしげに頬を染めた少女からティーカップを差し出され、ニコラはありがたく受け取った。
　三つ編み頭の彼女は、リリと名乗った。メイドではなく、お針子らしい。彼女と揃いの格好の女性たちが十数人ほど、広い室内でにぎやかに仕事をしている。

お針子たちのための作業部屋であるらしい。王宮に住まう人々が着用する各種衣服が、彼女たちの手によってここで生み出されるのだという。いくつもの作業台の上で、上質な布や色糸が山になっていた。

「このところ色々あったものだから、あたしってばついつい涙が……公衆の面前であんなに泣きわめいてしまったお詫びがこんなもので申し訳ないのですけど」

「いえいえ、ありがたいです！　本当に！」

作業部屋の一角の簡素な長椅子で、ニコラはルーナと共に、紅茶をごちそうになっていた。

ニコラには本当にありがたかった。何せ、こちらの国に来てから初めてありつけた水分だ。陽射しの照りつける外を歩いてきて知らぬ間にかなり喉がカラカラになっていたようで、ニコラはぐびぐびと飲みほす。向かいに腰掛けるリリは次々お代わりを注いでくれる。

「騎士様も、お代わりはいかがですか？」

「ありがとう。いただこうかな」

ルーナが微笑むと、はにかんだ様子でリリは俯いた。

紅茶にがっつくニコラの隣でルーナは実にのんびりと味わっていた。ゆったり背もたれに寄りかかり、長い脚を組んでいるその姿も、なんとも優雅で余裕がある。紅茶も長椅子も実際以上の高級感があるように見えてくる。

（これは殿下との次のお茶会でさっそく役立てられそう！　ありがたいお手本……！）

ニコラはちらちら横目でルーナの様を確認しながら、カップの持ち方や背もたれに寄りかかる角度や脚の組み方を真似てみる。ルーナが脚を組み替えたら即座に倣ってみる。

「あらリリってば！　良い男ふたりもつかまえてきて、見せつけてくれるじゃないのぉ」

「やあねぇそんなんじゃないわよ。迷惑かけちゃったお詫びなの」

「なぁんだ、そうなの？　やっとダメ男に見切りつけて次に行けたのかと思ったのに」

お針子たちが手に針や糸を持ったまま、リリの周りにわらわらと集まってくる。

「きゃあ、絵になるおふたりね！　ユマルーニュ王国の御方、あなたは今いらしてるっていう使節団のおひとり？」

「そっ、そうですそうなんですっ！」

「騎士様の案内で王宮内の見学中なのかしら」

「そうですっ！　ご名答ですっ！」

「あらっ、この方、水を司る神にそっくりだわ！」

お針子のひとりがニコラを見て歓声をあげる。

「本当ね！　神殿の彫像に彩色したらこの方のようになるわ。蝶が周囲にいたら完璧ね」

「そうねぇ。そしたら神に群がる無数の蝶の神話そのものだわ」

「でもあれって絵面は素敵だけどけっこう怖い神話よねぇ……水を司る神が美青年すぎる

あまりに、恋着した女神たちが蝶に姿を変えてどこまでもひたすら追ってきて群がるっていう……」

「画家によってはあの神話の絵、水を司る神が露骨に迷惑そうな顔してるのよね」

そんな神話だったのか、とニコラは天井画を思い返しながら苦笑する。まるで舞踏会で大勢の令嬢たちに群がられる自分のようだ。まさか異国の地で神様に共感を覚えることになるとは。

「だけどなんだか縁起がいいわね。この十日間の最終日、儀式がある日に、こんなに神様そっくりな方に出会えるなんて！　ねえリリ、これはいい機会よ。次に行くのはどう？」

「ありがとう……そうよね、あんな男、もう忘れるべきよね」

リリが深く頷くと周りのお針子たちは嬉しげにリリの肩を次々に叩いた。何やら事情があるんだなぁ、とニコラがその様子を窺っていると、リリと目が合った。今なお泣きはらした色の目をしたリリは、しかしニコラに向けて明るく笑みをつくってみせて口を開く。

「さっき、廊下で言ってくれたでしょう？　顔色が良くないけど気分でも悪いの、って。可愛い格好してるね、どこの所属なの、って。あれと同じことを、前にあたしの恋人が言ってくれたことがあったんです……初めて出会ったときに。あの頃は良かったなって思い出して、あたしついつい泣いちゃったんです。最近じゃ関係が悪くなる一方だったから」

「そうだったんですか……私、なんだか申し訳ないことしちゃったようで……」

「いいえ！　あれだけ思いっきり大泣きして、あたし、すっきりしましたから！　そう、いい加減もう終わりにしようって思えたから……優しかったのは初めのうちだけで今じゃ平気で暴言吐くようになった人のことなんて。今じゃあの人、あたしのこと、女としての魅力ないとかさんざんこき下ろしてくるし、他の人と比べて全然可愛くないとか責め立ててくるし……」

ええっ⁉　とニコラは目を剝く。

「なんですかその男はっ⁉　リリさんは可愛いですよ⁉　小柄で華奢で守ってあげたくなるような小動物的な雰囲気でっ！　大声でわんわん泣きわめいてる姿すら可愛らしかったですよ！　どこからどう見ても可愛いのに！」

つい熱が入ってニコラは立ち上がってしまっていた。気がつくとリリが顔を真っ赤にしてニコラを見上げてきていた。

「す、すみませんなんかひとりで熱くなっちゃって……」

もごもごと言いながらニコラは着席し、小さくなって反省する。ニコラにとってリリのような小さくてか弱げで少女らしい容姿は羨みの対象なので、ついむきになってしまったのだった。

「あたし……あたしっ、今日を機にすっぱり吹っ切りますっ！」

リリは妙にきらきらした目をニコラに向けながら、声高く宣言した。いいぞいいぞと、お針子たちが囃し立てる。

「そうよリリ、あんたのほうから先にふってやんなさいよ！」

「そうそう、別れの手紙でも叩きつけてやるといいわよ！　もう口きくのも嫌でしょ、あんなのと」

「いいわね！　早速あたし書くわっ」

「厳しめにするのよリリ、あんたってば優しいからね。針でも仕込んでやりなさい！」

リリは作業台の上の布を除けて紙を広げ、熱心に羽根ペンを動かしはじめた。その様子を傍から見守りつつ、ニコラは息をつく。

（あれだけ可愛い子でも、恋っていうのはままならないんだな……あんなに心掻き乱されるなんて、大変そうだ）

ニコラは他人事のように思う。ニコラはこれまで、恋心などというものを抱いたことはまったくなかった。これからも無縁なのだろうなという気が何となくしていた。ニコラの中に恋を望む気持ちは特になく、ただ貴族の家に生まれた一人娘の義務として婿さえ迎えられればそれで充分だった。

ふと、隣からの視線に気づく。目が合うと、からかうようにルーナがにやりと笑う。

「もう脚は組まなくていいの？　俺みたいに」

うっ、とニコラは赤くなる。

「やっぱり鬱陶しかったりしますよね……？　すみません、いちいち真似してて」

「俺はかまわないよ？　女の子に熱く見つめられるのは悪い気しないしね」

「暑苦しい視線でしたよね、すみません……」

「しかし随分と熱心に取り組んでるね、男を磨くとかいうその謎の務めに。王女のためなんだっけ」

「いえ、というよりも、これは巡り巡って自分のためで……」

そう、婿を得るためだ。いちばんの目的はそこにある。

「私の男っぽさがあがるほど、王女殿下がたくましくなられて、輿入れが盤石になって、そうなると私は褒美を頂けるんです」

「それはまた謎の仕組みだね」

ルーナが面白そうに笑みを深めながら、ティーカップを卓上に戻す。

「さて、喉も潤せたことだしそろそろお暇しようか」

「あっ、そうですね、情報を集めに行かないと！」

ふたりが腰をあげかけたそのとき、お針子たちの輪の中から、王太子殿下という語が聞こえてきた。ニコラは思わずぴくりと反応する。

「えーっ、じゃあ王太子殿下って国外なのぉ、今？」

「らしいわよぉ、衛兵によるとね。ちょっと前から姿が見えないんだって」

「婚儀も近いってのに外遊？　のんきなものねー」

ニコラはおのずと耳をそばだてていた。他ならぬ王女の婚約者についての話だ。ニコラの脳裏(のうり)には、窓外に遠い目を向けていた王女の姿があった。未来の夫は自分以外の女性も愛するのだろうかという憂(うれ)いが色濃(いろこ)く浮かんでいた横顔。

「でもあれよね、血は争えないっていうし。あの方も案外、他国にひとりやふたり……」

「えー、囲ってたりするとか？　嫌だわぁ幻滅(げんめつ)しちゃーう」

「あのうっ！　こちらの王太子殿下は女性関係が派手だったりするんですか⁉」

ニコラは我慢(がまん)できず口を挟(はさ)んでしまった。ちょっと黙(だま)ってはいられない風向きだった。

噂好きらしいお針子たちは向かいのソファにいそいそと腰掛けて、にまにま笑う。

「あたしたちは王太子殿下の顔すら知らない立場ですから噂で聞くだけですけどね。けど真面目な御方のようですよ？　でもしょせんガルフォッツォ男ですからねぇ……」

「ええっ、とんでもなく女好きな一面を隠し持ってたりします⁉　お迎えする姫君のこと大切にしてくださる方ですかね……⁉」

「まあガルフォッツォ男なので先のことはわかりませんけどね、今のところは心配いらないと思いますよ、悪い噂もない御方ですし。それに引(ひ)き換(か)え他の王族たちの噂ときたら最低なやつばっかりで！」

「最低といえば聞いたぁ？　第四王子の最新の醜聞の件なんだけどさぁ」

お針子たちは新たな噂の種をもとに何やら盛り上がりはじめてしまう。

（うーん、まあまあ大丈夫な人っぽい、のかな……？　だといいなぁ。今ごろ殿下はどうなさってるんだろうな……急に消えて迷惑かけてるだろうし……輿入れ前の大変なときに余計な心労かけちゃってるかも……）

ううっと低く呻いていると、隣のルーナがするりと身を寄せてくる。

「気になるんだ？　この国の王太子がどんなのか」

「そりゃあ……ルーナさん詳しいんですか？」

やはり彼はそのくらい上位の王族とも直に接せられるような騎士なのかなと、ニコラはルーナをじっと見上げる。しかし彼は、さてね、とはぐらかすように笑って首をすくめるのみだった。

「まあ王族の中でもぶっちぎりでアレなのはやっぱ国王陛下よねっ！」

「そうそうっ！　最近の不作やら田舎の流行り病やらで不安定になってるのかしらね？　辛気くさい顔してさ、以前にも増して何かと言えば儀式儀式って鬱陶しいのよねぇ」

「それもだけどぉ、やっぱり女癖がアレよぉ！」

お針子たちの噂話はいつのまにやらガルフォッツォ国王にまで及んでいた。ニコラの脳裏に、庭園から見かけた長い黒髪と痩身の姿が思い浮かぶ。どうやら民衆からの評判はあまり芳しくない王様のようだ。

「女の数も酷いけど、何より質がねえ。趣味悪いったらないわよ！」

「本当よねぇ！　そうそう、こないだもさぁ」

そのとき、ばあんと扉を大きく開け放つ音が突然響いて、みながそちらに目を向けた。

「ねえ！　みんな見てちょうだいよこれっ、酷すぎるわっ！」

開け放たれたのは、続き部屋につながっているらしい扉だった。そこからひとりのお針子が、酷すぎるわ酷すぎるわとまくしたてながら、怒り顔でどすどすと駆け寄ってくる。その腕には何着もの派手なドレスが抱えられていた。

「どうしたのよ、支度部屋で何かあったの？」

「大ありよっ！　あの女が試着したドレスぜんぶ、香水の匂い移りで酷い有様なのよ！」

ドレスを抱えたお針子が近づいてくるにつれて、ニコラにもそれがわかった。胸が悪くなるほどに甘ったるい、強すぎるミルクの香りだった。かすかに香辛料のようなぴりっとしたものが存在を主張している、変わった香りだった。

「あ……!?」

はたとニコラは気づき、勢いよくルーナをふりむいた。驚き顔の彼と目が合い、ふたりそろって強く頷きあう。にっと彼の口元に嬉しげな笑みが浮かぶ。

これこそまさに彼の言っていた香りに違いない。王女の婚姻潰しの工作現場にあったという残り香。すなわち、首謀者につながる手がかり。

「一体どんな人がそんな無作法な真似を？」

ルーナが問いかけると、お針子たちが次々と口を開く。

「ビビアナよ！　寵姫ビビアナ・ベナトーラ！　ほんっとに嫌な女だわっ」

「朝から支度部屋を我が物顔で占領してただけでも大迷惑だったのに！　片っ端から仮装衣装とっかえひっかえ試着してこんな強い残り香つけてって、最悪すぎるわっ」

「ぜんぶ洗わなくちゃならないわね……今日はもうどなたが来ても女物の仮装衣装は用意できないわ」

「この特別製の香水、陛下からの贈り物らしいわよ。それであの女、過剰に身にまとって自分の寵愛されっぷりを喧伝してるのよね」

「うっざあ！　今ごろ大広間でいい気になって踊りまくってるんでしょうね、男もとっかえひっかえして！」

過熱するお針子たちの発言の合間をとらえて、さっとルーナは立ち上がった。

「俺たちも大広間の仮装舞踏会に参加しようと思ってたんだ。支度部屋で衣装を借りてもいいかな？」

人に否と言わせない笑みをにっこりと浮かべて、ルーナはそう要請した。

是非これを着てっ、これも似合うわっ、これもこれもっ、とお針子たちに次々衣装を押しつけられて、ふたりの腕は瞬く間にいっぱいになった。

先ほどまでの怒りも忘れてふたりに着てもらいたい仮装衣装をぐいぐい寄越してくるお針子たちの中には、別れの手紙を書き終えたらしいリリも交ざっていた。すっかり元気を取り戻したように笑っている彼女の様子にほっとしつつ、ニコラはよたよたと隣の支度部屋へ入り、衣装の山を絨毯の床におろした。

是非お着替えの手伝いを……っ！　とやたらギラギラした目で迫ってくるお針子たちに笑顔で断りを入れて、ルーナは扉をばたんと閉める。

そしてふたりきりになるなり、また顔を見あわせて、深く頷きあった。

「そのビビアナという人、関与間違いなしですよね……！」

「だね、今のは荷馬車にあった残り香とまったく同じだった。ビビアナ・ベナトーラか、なるほどね……うん、確かに例の企ての首謀者になりうる」

「寵姫って呼ばれてましたけど、ガルフォッツォ国王の……？」

「そう、あの痩せぎす男の寵姫、ビビアナ・ベナトーラ。この王宮において、けっこうな有名人だよ。国王の数いる側女の中でもいちばんのお気に入りの座に君臨し続けてる強者だね」

ルーナが苦笑しながら肩をすくめる。

「もっとも、王宮内の人々からの嫌われっぷりでもいちばんだろうな。国王の寵愛をいいことに贅沢三昧で、政務にまで口出ししてくるらしいし。国王の目を盗んで好みの男と遊んでるのも有名な話で、知らぬは国王ばかりなりってやつ。愛人の数はゆうに十人を超えるとか」

「じゅっ……!?」

ニコラは愕然とした。一国の王のお気に入りであり、その上さらに愛人を十人以上も有しているような人間がこの世にいるだなんて、たったひとりの婿を見つけるのにも難儀しているニコラからしたら頭を殴られたような衝撃だった。ひとりでそんなに独占していないで周りに少しくらい分配してくれたらいいのに……などとニコラはちょっと本気で思ってしまった。

「あの寵姫なら、今回の婚姻潰しの首謀者というのも充分ありえるね、それだけの力を有している。国王の目下いちばんのお気に入りでそれなりに権力もにぎってるし、愛人という名の手下たちもたくさん飼ってるから」

「ですけど、そんな何もかも思うがままみたいな人が、どうしてこんなことを……？」

そうだねぇ、とルーナが思案するように己の顎をさする。

「あの寵姫は、目の届く範囲に自分より若くて魅力的な同性を見つけると執拗にいじめ抜くって話だ。手段も選ばず、相手がたまらず王宮から逃げ出すまで」

「う、うわぁ……！」

「彼女の攻撃対象は王の寵を争い合う側女だから、王太子に嫁ぐ王女には特に敵意は向けないだろうと思って、今回の首謀者候補としてはあまり考えてなかったんだけど……でもこうなってみると、そうだねぇ……寵姫ビビアナは、側女の中で頂点に立つだけじゃなく、王宮内のすべての女の上に立ちたいのかも。ここでいちばんの美女でいたい、最も権勢を誇る女でいたい、みたいな。それで王女アリアンヌを脅威に思って輿入れを阻もうとしてる、っていう線は考えられなくもないかなぁ」

「殿下のような誰よりも可愛くて素敵な方がやってきたら、あらゆるいちばんの座は絶対に殿下のものになりますもんね……！　それにしても本当にお針子さんたちに言われてたとおり、ガルフォッツォ国王はだいぶ趣味が悪いような……」

「恋は時に人の視野を狭めるからね。ただ、残り香っていう曖昧なものだけだと、ちょっと証拠としては心許ないんだよな……別の物証もつかみたいところだね」

ルーナは懐から、輝く紅玉を取り出した。森の中の館で拾ったものだ。

「装飾品から剝がれ落ちたものだと思うんだけど、これが欠損してる状態の耳飾りなり首飾りなりを寵姫ビビアナが所有してたら、彼女が首謀者だと断定していい段階かな。というわけでニコラ、これだ」

ルーナが床に積み上がった布の山を指し示す。先ほどお針子たちからどさどさと渡された仮装衣装だ。

「寵姫ビビアナが大広間の仮装舞踏会にちょうど参加中らしいから、行ってみよう。舞踏会で浮かれてる最中なら油断も出るし、接触（せっしょく）して装身具を確かめる良い機会だ」

さて、とルーナは仮装衣装の山と向かい合って、どれを着るか選びにかかる。ニコラもまたしゃがみこんで、一着一着手に取ってみる。海賊（かいぞく）風、吟遊詩人（ぎんゆうしじん）風、東方のヴォス帝国風など、勿論すべて男物だ。室内を見回してみても、壁沿いに多くの仮装衣装がずらり飾られている。仮装で楽しむこの期間、ここは仮装衣装を貸し出す場になっているようだ。飾られているものもやはり男物ばかりで、女物はすべて寵姫ビビアナの香水の被害（ひがい）に遭（あ）ったのだろう。

「あ……」

一着だけ、片隅に女物が残っていた。深い漆黒の、美しいドレスだった。

（きれい……細身で丈（たけ）が長い……私が着ても裾（すそ）が余りそう……って、何考えちゃってんの私は！）

自分が着ることを思わず想像してしまったニコラはぶんぶんと頭をふって気を取り直す。

自分が着るべき男物のほうに目を戻す。

「俺は……これかな」

ルーナが一着を手にして、じっと見つめていた。それは彼が今着ている騎士服と同様に白を基調とした衣装だったが、ユマルーニュ王国風の華やかな宮廷服だった。

「仮装だからね。せっかくだから……日頃は着ないものを着ないと」

彼は妙に真剣な目をしていた。やはりガルフォッツォの人間だと、この儀式ともいえる仮装舞踏会という催しに特別な思いでもあるのかもしれない。

ぱっとルーナが上着を脱ぎだしたのでニコラは慌てて回れ右をした。そして、自分が着るべき仮装を山の中から探しにかかる。目立たないよう無難なものが良さそうだが、しかし仮装の群れの中だとかえって地味なほうが目立ってしまうのかもしれない。悩みながらも知らず知らずのうちに片隅の美しい漆黒のドレスへと目が引っ張られている自分に呆れて、ニコラは何度も嘆息した。

「ニコラ、これって今の流行りの結び方とかってある？」

「あ、はいっ！　お手伝いしますっ」

ぱたぱたとルーナに駆け寄ったニコラは、彼の襟元にスカーフを巻き結ぶのを手伝う。

「手慣れてるね、結ぶの」

「なぜだか着慣れちゃってるものですから……」

ルーナのしっかりとした体躯を間近に感じて、ニコラはひそかにどきりとした。見せかけだけちょっとイケメンなだけの自分とはまったく違う、本物の男の人の、鍛え上げられた体。巻き結ぶ指先に少し動揺が出てしまう。

「どうかした？」

「い、いえ！　鍛えてらっしゃるなあと、思いまして……」

「まあねぇ。王国を背負う身だからね」

本物の騎士とは大変なものなのだなぁとニコラは感心した。騎士でもないのに騎士服を気軽にほいほい着用してきたことが何となく後ろめたくなる。

結び終わって、壁に嵌め込まれた大きな姿見の前に立つルーナを改めて傍から眺めて、ニコラは思わず感嘆する。

「おお、似合う……！」

宮廷服特有の華やかさにルーナは少しも負けておらず、あつらえたかのように実によく似合っていた。騎士服を着て帯剣もしていた際の野性味がやや和らいで、そのぶん彼の優雅さが存分に引き出されているように感じられる。

しかしルーナは苦く笑った。

「俺にはやっぱり似合わないでしょ、ユマルーニュ風の衣装は」

「えっ、似合ってますよ。向こうの舞踏会で見たどの男の人よりずっと、しっくり馴染んでると思いますけど」

しげしげと全身に見入りながらニコラがそう言うと、ルーナは少し驚いたように黒い双眸を瞬かせて、嬉しげに小さく笑った。

「なんだか嬉しいな……そんなこと初めて言われたな……」

「え？」

ぼそりとルーナが落とした声が聞き取れなくてニコラは聞き返すが、なんでもないよと彼は首を横にふり、逆に問いかけてくる。

「ニコラは決まったの？　着るもの」

「あっ、はい、一応……」

ニコラは男物衣装の山から一着を手に取って、それからルーナをじっと見上げた。

「あのうルーナさん、えっと、先に出ててもらえますか……」

「え、なんで？」

「なんでってそりゃあ！　私こんなでですけど、男みたいですけどっ、一応これでも乙女でして！　着替えをしたいので！」

「なんで、それなの？」

ルーナがニコラの手元の男物を指差す。

「なんでって、無難かつ地味すぎない感じがちょうどいいかなぁと思いまして……」

「ダメでしょそんなの。こっちにしなよ」

ルーナは足早に部屋の隅へ歩み寄り、ぱっと一着を手にする。漆黒の美しいドレスを。

「これ着てみせてよ。ニコラもさっきからちらちらちらちら見てたでしょ」

「みっ見てませんよ⁉　ていうか見ないでくださいよ私のことなんて！」

「そっちばっかり俺のこと見ておいてそれはないでしょ。俺だってニコラを見たいんだけど」

「何言ってんですか⁉　とっとにかく私は！　仮装といえどもそんな確実に似合わないものはっ」

「何言ってんの、確実に似合うよ。君の雪の肌と黄金の髪にこの漆黒はよく映えるし」

はい、と手渡されて、ニコラは反射的に受け取ってしまう。触れてしまうと、その漆黒のなめらかな手ざわりが心地よくて、心が動いてしまいそうになる。

「じゃあ俺はお先に。大広間は廊下に出て左の突き当たりね。楽しみにしてるよ」

ひらひらと手をふりながらルーナが出て行き、ニコラはひとり立ち尽くす。

ドレスが、手に吸い付いたように離れなかった。目も離れなかった。

この美しいドレスを身にまとってみたい欲求が、ふつふつと湧き起こってくる。似合わないに決まってるという諦念が、それにすかさず覆い被さってくる。

ニコラはドレスを手放そうとした。が、お針子部屋から聞こえてくる喋り声に、ガルフォッツォ語に、はっとする。

どうせここは異国だ。さらわれてきたという異様な状況なのだ。しかも日頃は着ないものを進んで着る、仮装のお祭りの真っ最中なのだ。

思いっきり女らしい衣装をまとってみたいというひそかな憧れを叶えられるのは今しかないと思った。

似合うよ、と実にあっさりと言ってのけたルーナの声に背中を強く押されて、ニコラはくくっていた髪をばさりとほどき、男物を脱ぎ捨てた。

お針子たちをびっくりさせないように、ニコラは廊下につながる扉からこっそりと外へ出た。俯いたまま、突き当たりの大広間まで小走りで急ぐ。しかし、やや引きずるほどに長い裾が歩行を妨げて思うように進めず、男装にすっかり慣れすぎている己を痛感した。
暑さ厳しいガルフォッツォ王国の衣装だけあって、漆黒のドレスには袖がなかった。肩も腕も丸出しだった。おまけに全体的に細身なドレスで、体の線も丸わかりであり、あまりに恥ずかしくてニコラは支度部屋の姿見をまともに見ることもできないくらいだった。
廊下を通りすがる誰もが自分を見て嗤っているような気分に襲われつつ、ニコラはやっと突き当たりに到着し、大広間に足を踏み入れた。

中は壮観だった。

広い広い大広間の端から端まで隙のないきらびやかな装飾、楽団の奏でる華やかな音、その中で踊り、騒ぎ、笑いさざめくのは過剰なほどに仮装して身を飾る大勢の貴人たち。目が眩むような光景だった。

あちらこちらに目を引っ張られながらも、ニコラは少し安堵する。

(ここなら女装の……もとい、女の格好の私も埋もれられるよね)

久々におろした髪が顔にかかるのをふりはらいながら、ニコラはルーナの姿を捜した。彼は他のガルフォッツォ人と比べてもかなり長身なようなのですぐに見つけ出せると思っていたが、あまりに人が多すぎてなかなか捜し出せない。

そのうちにニコラは、人混みの中にルーナではなく別の知人の顔を見つけて仰天した。

(あれって……ラウドー伯爵っ⁉)

友人メラニーが一年前に射止めた夫である、ユマルーニュ王国の大貴族である、リカルド・ラウドー伯爵の姿がそこにあったのだ。

(あっ、そうか、使節団の一員でこっち来てるんだ！　お仕事でよく国外に行くってメラニーも言ってたし……それにしても……)

丸顔で丸々とした体形のリカルドは、とても上機嫌で踊っていた。その相手は実に色っぽい美女だ。細い肩も豊かな胸元も大胆に露出した深紅のドレス姿で、褐色肌が艶めかしい。

（ちょっとちょっと、伯爵ってば国外で羽のばしすぎじゃない⁉　ガルフォッツォ美女相手にでれでれしちゃって……鼻の下のばしちゃって……これってメラニーに密告すべき案件……？）

踊るふたりをやきもきしながら遠目に眺めていたニコラだったが、いきなり背後から強く肩をつかまれて、びくりと身をすくませた。

反射的にふりかえると、見知らぬ若い男がそこにいた。何やら目が据わっている。

「おまえ、ちょっと僕の相手しろよ」

「えっ⁉」

無理やり腕を引っ張られ、手を組まされて、ニコラは強引にダンスの相手をさせられていた。

「僕のほうがこんなに巧いのにさ……なんだよ、クソッ……」

「ちょっ、ちょっと離してくださいっ、あのっ！」

「どこがいいんだよあんな生っ白いの……せっかくの舞踏会だってのにさ……」

男はひどく酔っているらしく、不機嫌顔でわけのわからぬ文句をぶつぶつ呟いている。

酔っ払い男はルーナのと似た白い騎士服を着用していた。服装も髪色も肌の色も同じなのに、ルーナの持つ品や華やかさは目の前の男には備わっていなかった。

　酔っ払いが一向に手を離してくれないのでニコラは無理やり踊らされ続けるしかなかったが、ダンスの女役はもう長い間ずっと務めていなかった上に、今は着慣れぬドレス姿でもあるわけで、まともに踊れるはずもなかった。

「おいユマルーニュの女、おまえさぁ、もっとちゃんと踊れないわけ？　この僕が相手してやってるのにさぁ、もたもたしやがって」

　苛立たしげに男が言い、据わった目をじろりと向けてくる。

「こんなんじゃ全っ然、気が晴れないだろ！　大体おまえみっともないんだよ、でかい図体してさ……なんで僕より背丈が上なんだよ！　手だって無駄に大きいし！」

　すうっと自分の体温が下がるのをニコラは感じた。大広間の熱気が遠ざかって、冷え冷えとした寒さが全身を包んでいくのをまざまざと感じた。

「女って感じ全然しないよな、体形だってそうだし、あの方とは大違いだよ。そのドレスだって全然似合ってないしな！」

　男の嘲笑を含んだ声が頭の中でわんわんと鳴り響く。意識がじんわりと滲んでいく。

　この人の言うとおりだ、とニコラは思った。どうして調子に乗ってこんな格好をしてしまったんだろう。のこのこ人前になんて出てきてしまったんだろう。似合わないとわかりきっていたのに。やめておくべきだったのだ。

男の声の向こうに笑い声が聞こえる。大勢の人々がニコラを見て嘲笑する声に聞こえる。

「そういうドレスはやっぱりさぁ、あの方みたいにもっと女らしい人が着るべきだよなぁ」

男の声も嘲笑も、これ以上もう聞きたくない、この場から逃げ出したい。そう思ったときだった。

「君はあまりにも見る目がないね。この子の隣に、君のような愚(おろ)かな男はふさわしくないよ」

耳に馴染みのあるなめらかな低音の声が聞こえて、はっとニコラは正気を取り戻す。

傍(かたわ)らに、いつのまにか、ルーナが立っていた。

「俺の連れに気安く触(さわ)らないように」

にこりと笑みをつくってそう言うと、ルーナはニコラの手から、男の手をぴしゃりと払(はら)いのけた。

男はしばし呆気にとられていたが、なんだか凄みのある笑顔のルーナに見下ろされて、たじろいだように駆け去っていく。

「君はちょっと目を離すと変なのに連れてかれてるね。これじゃ側を離れられないな」

ルーナが、自身の左手でニコラの右手をぎゅっとにぎる。そして彼はもう一方の手をニコラの背に回してきた。

「え、ルーナさん……？　これは……」

「決まってるでしょ、ここは舞踏会の会場だよ？　踊ろう」

「で、でもほら例の寵姫を探さないと……！　えっと、そう、紅玉の件の確認を」

「その件ならもう済んだよ」

「え、もう⁉　こんな人混みの中からもう見つけ出せたんですかっ」

「さっさと済ませて早く踊りたかったしね。君と」

ニコラは戸惑いながらルーナをしばし見上げ、それから首を横にふる。

「駄目ですよ、こんな私なんかと踊ったりしたら、ルーナさんまで笑い物になっちゃいますし……」

ニコラは彼の手を外そうとする。

ここから一刻も早く立ち去りたかった。人前でこのドレス姿でいることが耐えがたかった。今もまだ先ほどの男の声は脳裏にこびりついている。

しかしルーナはさらに強く手をにぎってきた。

「この場で誰より輝いてる女性と踊れる機会を俺から奪うつもり？　そんなつれないこと言わないでよ、さあ行こう」

ニコラは息をのむ。有無を言わさぬ笑みに誘われて、つい一歩、足を踏み出してしまう。

楽団の奏でる優雅な旋律にのって、ルーナの巧みなリードにのせられて、ニコラは踊りはじめていた。慣れない女役のステップを懸命に踏んだ。

「おお、凄いなニコラは」

「え……」

「みんな、君に見とれてる」

ニコラは横目でそっと周囲の人々を窺ってみた。確かに視線が次々に集まってくるのは感じる。が、自分に見とれているとは到底（とうてい）思えない。そんなはずはないのだから。

「皆さんが見とれてるのは、ルーナさんに、ですよ。もしくは、でかくてごつくて似合わないドレスなんて着ちゃってるユマルーニュの女を物珍（ものめずら）しく眺めてるだけですよ」

「えー？　俺の目には全然そうは見えないけどなぁ……それも似合ってると思うし」

じっとルーナから全身に視線を注がれて、ニコラは居たたまれない気分になった。

「そんなに身長とか気になる？」

「そりゃあそうでしょう……肩幅（かたはば）だってこんなですし、手もこんなに大きいし」

「だったら、俺といれば気にならなくなるんじゃない？　俺はこのとおり、君より背も肩幅もあるし。俺といたら君もきっと、自分のことを素敵な女性だと思わずにはいられなくなるよ。ほら、手だってこのとおり」

ルーナはにぎりあっているニコラの手にぎゅっと力をこめて、悪戯（いたずら）っぽく笑う。

「うん、そうだそれがいい、俺とずっと一緒にいればいいよ」

「何を言ってるんですかルーナさんは」

変な軽口だ。ふふっとニコラは思わず笑ってしまう。

行き合った女性たちがうっとり見とれてしまうような男性と、ずっと一緒にいるだなんてありえないことだ。それに彼はガルフォッツォ王国の騎士で、今日一日たまたま道連れになっただけの人なのだから。明朝、交易船の出港時間が来ればもう別れる人なのだ。

にわかに、ニコラの胸がずきりと痛む。

（なに、これ？）

自分の心持ちを持て余して戸惑いながら、ニコラはふと、顔をあげた。

どことなく真剣なまなざしをしたルーナと、視線がぶつかる。

「ニコラは可愛いよ」

改まった調子で言われて、かっとニコラは赤くなる。

「私は可愛くなんてない！」

「君が君のことをどう思おうとも、俺は君を可愛く思ってるよ。俺の挙動にかじりついて真剣に真似してるとこも、会ったばかりの俺を信じて素直についてきてくれるようなとこも、王女のために一生懸命に行動してるとこも可愛い」

ルーナが次々と挙げていくにつれて、ニコラは泣きそうになった。瞼が熱くて、胸も熱い。

「あと、しょっちゅうあわあわしてて気が小さそうなくせに、この普通じゃない状況下で必死で踏ん張ってるとこも。あと、やたら反応が大仰なとこなんかも可愛いし」

「もういいですよ！　わかりましたから！」

　これ以上聞いたら本当に涙が出てきてしまうと、ニコラは焦った。

（こんなの、女扱いの巧いガルフォッツォ男の言う他愛もない戯れ言なんだから……真に受けたりしちゃいけないのに）

　それなのにニコラは、真に受けたくなっていた。可愛いと繰り返す彼の表情に、言葉に、真実味があると思ってしまいたかった。どうしようもなく、今、嬉しくなってしまっている自分がいた。

　ニコラはルーナから目をそらして、ダンスだけに集中しようとする。

（あれっ……）

　そこでニコラは初めて気づいた。いつのまにか、すんなりと踊れている自分に。

　おそらく彼のリードがとても巧いからだ。ニコラの中に、次第に、楽しい気分が湧き起こってくる。やがて、ゆったりとした優雅な曲から、情熱的な調べの曲へと移り変わっても、ニコラの体は彼にぴたりとついていけた。

「これ、ガルフォッツォの下町で生まれたダンスなんだよ。ニコラ、初めてでしょ？　よくついてこられるね」

「ルーナさんが巧いので……！　どんなダンスもお得意なんですね」

「血は争えないってやつかな」

ルーナはぼそりと呟いてから、かすかに苦笑する。

「まあ酒場で踊られるようなダンスが巧くても何にもならないんだけどね。王宮においては」

確かに言われてみれば周囲では、ダンスに興じている人数がだいぶ減っていた。いかにも高貴そうな感じがする人たちは壁際に退いてグラス片手に談笑している。

「なんだか勿体ないですね、こんなに楽しいのに踊らないなんて」

「楽しい？」

「とても！　私、このダンスがとても好きです」

ルーナは驚いたように目を見張り、それから嬉しげに微笑んだ。

実際ニコラはとても楽しんでいた。息を合わせて体を動かしているうちに、暗い鬱屈も劣等感も羞恥心も、情熱的な楽の音と激しい靴音にかき消されて霧散していくようだった。

周りの視線などどうでもよくなってきて、もはや楽しさしかここにはなかった。

回転を繰り返しながら、息を切らしながら、増していく昂揚感の渦に呑み込まれていく。

ルーナの腕の中で、ニコラはいつしか、漆黒の双眸から目を離せないでいた。

優しげな垂れ目なのに、そのまなざしは強い。射貫かれたように、目がそらせない。

今にも吸い込まれてしまいそうだった。

息が触れあうほどの間近にいる彼と自分、ただふたりだけが、この場にいるように感じられた。

第３章　それは初めての気持ち

ドレスを脱いで元の青い宮廷服を身にまとうと、ほっとしたような、名残惜しいような、複雑な心地がした。

髪をひとつにくくりながら、ニコラはひとり、息をつく。

支度部屋の床にはまだ、渡された仮装衣装の山がどっさり残されていた。整頓しておこうかとまとめて持ち上げると、山の中から折りたたんだ紙片が転がり落ちてきて、拾い上げてみれば端にリリという記名があった。先ほどリリが書いていた、恋人への別れの手紙のようだ。紛れ込んでしまったのだろう。

（リリさんに返さなきゃ……）

ぼんやりと考えつつ、のろのろとした手つきで懐にしまう。

ニコラは未だ、浮遊感の中にいた。今もなお、きらめく大広間の中央で、彼と身を寄せ合って踊り続けているような夢心地が残っていた。廊下へ出る足取りも妙にふわふわとしていて、足の裏が床を踏みしめている感覚がまるでなかった。

廊下にルーナはいなかった。ニコラは先にひとりで支度部屋を使わせてもらったのだが、ニコラの着替えを待つ間にどこかへ行ってしまったようだ。

（捜し回ってもはぐれちゃいそうだし……ここで待ってよう）

廊下の隅にニコラはぼんやりと佇む。

気がつくと心はたちまち、舞踏会のひとときに舞い戻っている。

全身に絡みついてくるような楽の音のただ中、脚に触れるドレスのやわらかな裾がくすぐったくて、彼の大きな手が力強くて、てのひらが熱くて、漆黒の双眸からまっすぐに注がれるまなざしが眩しくて――

（楽しかったな……あんなきれいなドレスを着て、男の人と踊って楽しむような機会がまさか私に訪れるなんて、思わなかったなぁ……）

あのひとときのことを、自分はずっとずっと何年経っても忘れることはないだろうとニコラは思った。

（帰国して、ミグラスの館に帰ったら……ドレスの新調とか、してみようかなぁ……いやいやいや別にっ、似合うとか可愛いとか言われたのを真に受けたわけじゃないけどっ！でも女物の格好をそんなに避けなくてもいいかなって……！）

ひとりで赤面したり首をぶんぶんふったりしていたニコラだったが、廊下の奥からやってくるにぎやかな一行に気づいて、ふと目を向ける。

ひとりの女性を五人ほどの男性が取り囲んでいる一行だった。男性たちはみな、中心にいる女性の気をひこうと、しきりに我先に話しかけているような様子だった。

（なんか……お呼ばれ先で令嬢たちに包囲されてるときの私みたい……あれっ、あの人！）

中心の女性は、先ほどの舞踏会で丸々としたリカルド・ラウドー伯爵のダンスの相手をしていた、色っぽい美女だった。気をひこうと懸命になっている男性陣の中で、ご満悦な様子で艶然と微笑んでいる。

さすがあれだけの美女はちやほやと包囲されてても余裕があるもんだなぁと感心して見ていたニコラだったが、一行がニコラの前を通り過ぎる際、あっと声をあげそうになる。

（この香り……！）

ふわりと漂った濃厚なミルクの香りは、お針子の作業部屋で嗅いだドレスの残り香と同じものだった。

（あの人だったんだ……例の、寵姫ビビアナ・ベナトーラ……！）

ニコラは一行の後ろ姿を怖々と見つめる。

確かに、一国の王に寵愛されている上に十人以上の愛人を所有しているというのも納得できてしまうほどの美女だった。彼女こそがアリアンヌ王女の婚姻潰しを企て、ニコラをさらわせるという暴挙に出た人物なのかもしれないと思うと身がすくんだが、ニコラは一行の後を追って足を踏み出した。

（紅玉の剝がれ落ちた装身具をしていないかの確認、ルーナさんはもう済んだって言ってたけど……早々に切り上げて、変な酔っ払いに絡まれてた私のところに助けに来てくれてたような気もするし……改めてまた確認しておかないと！）

ニコラは気合いを入れ直した。

舞踏会の余韻でふわふわしている場合ではないのだ。すべきことをしなくてはならない。でなくては、この王宮内をうろついている意味がない。

（王女殿下のためにも、私の婿取りのためにも、頑張らなくちゃ……）

一定の距離を保って慎重に尾行を続けるうちに、寵姫ビビアナの取り巻き男たちはひとり減りふたり減りしていった。廊下を幾度も曲がって、やがて回廊に囲まれた中庭が現れた頃には、ビビアナはひとりになっていた。

こぢんまりとした中庭だった。中央に据えられた円形の噴水の周囲に数本の樹木が生い茂っており、地面に美しい木漏れ日模様をつくっている。

ビビアナはひとりで中庭に立ち入ると、きょろきょろと辺りを見回し、噴水の縁に腰掛けた。

そこでニコラはビビアナとは反対側にこそこそと回り込み、噴水のたてる水音にまぎれながら、慎重に木の上にのぼった。ミグラス邸での庭仕事で身についた木登り術をニコラがこんな異国で駆使しているとは、庭師の爺やもきっと思いもしないことだろう。

太い枝を選んで腰掛け、地上を見下ろしてみると、ちょうどビビアナの姿が確認できた。身バレしないような距離からニコラは眼下のビビアナに目をこらして、じっくりと装身具の確認をする。贅沢し放題の寵姫だけあって、やたらたくさんの装身具をじゃらじゃらと身につけていた。きらびやかな耳飾りや首飾りや指輪をじっと見つめるが、それらしき欠損は特にないように思える。他の宝石との取り合わせからしても、紅玉が元々そこに嵌まっていたとは考えにくかった。

（だけど距離があるしなんともいえないかな……しかし葉っぱに埋もれて目こらして、何やってるんだろ私……こんな見知らぬ異国の地で木の上にのぼったりして何を……）

　ニコラがなんだか虚ろな気分に陥っているところに、新たにもうひとり、中庭に足を踏み入れる者があった。

　ビビアナが立ち上がってにこやかに出迎えたその相手の姿を見て、ニコラはぎょっとする。

（ガルフォッツォの国王……！）

　特徴的な長髪と痩身のその男は間違いなくこの国の王だった。ニコラは、国王とその寵姫の逢い引きの場を覗き見している格好になってしまっていた。身動きしないように、己の口をおさえて呼吸が聞こえないように努めるくらいしかできない。

「ああ陛下、お待ち申し上げ……早くお会いし……あたくし大急ぎで……たのですわ

「……はないか可愛いビビアナよ……までに予に会いたく……愛い奴よ……」

噴水の水音に阻まれて、ふたりの会話は途切れ途切れにしか聞こえなかった。

「……ぐに去らねば……の準備で今日という日……時がない……」

「承知しており……陛下には儀式が……ですもの」

「……の婚姻の件を急ぎ……に伝えに参った……に我が長子と……ユマルーニュ王国の王女……に致そうと予は……」

「まあっ陛下……ますわね」

「神の御心に添わぬ……にはいかぬゆえ……今夜の儀式にて……」

「……それこそが神の……なさいませ……儀式にて是非……」

「もう行かねば……神官らを待たせ……」

「……の儀式……滞りなく済みますよう……りますわ……」

国王はビビアナを軽く抱擁してから急ぎ足で中庭を去り、あとにはビビアナと、木の上のニコラが残された。

ニコラはじんわりとした不安に苛まれていた。

（今……王女殿下の婚姻についての話をしてたよね……？　なんだか妙にこそこそした感じで……今回の婚姻妨害って、寵姫ビビアナが勝手に個人的に動いてるのかと思ってたけど……まさか王様も関わってたりとかするの……？　儀式儀式って言ってたけど何か関わりが……？）

もやもやとした不安が胸に渦巻いて、ニコラは目眩を感じた。ぐらりと体が傾ぎ、咄嗟に枝につかまり直したが、つかまる枝と力加減を間違えた。

ぱきり、と無情な音が高く響き、焦って足をも滑らせて、ニコラは気づいたら空中に投げ出されていた。

次の瞬間、派手に水飛沫があがる。

「い……ったぁ……！」

噴水の中でニコラは、呻きながらなんとか上体を起こす。

ひどい水浸しにはなってしまったが、どこにも深刻な怪我などは特に負っていないようで、ほっとする。

が、すぐに今がどういう状況であるのかを思い出してニコラは瞬時に青ざめた。

頭上に、ふっと影が差す。

「あら……水を司る神が天から降ってきたのかと思いましたわ」

艶然とした微笑をたたえた寵姫ビビアナ・ベナトーラが、ニコラを見下ろして立っていた。

向かい合って見てみるとビビアナは本当に美女で、だからこそ凄み(すご)があった。

豊かな巻き毛をかきあげながら、彼女は小首を傾げる。

「貴方(あなた)……どこかでお会いしたことがありましたかしら？　どことなく、見覚えがあるような……」

問われてニコラはひやりとする。この国にさらわれてきたとき、ビビアナに姿を見られていたのかもしれない。

「お、お初にお目にかかりますビビアナ様！　私は……そっ、そう、ユマルーニュ王国より参りし使節団の一員にございます！　そう、リカルド・ラウドー伯爵の従者を務めている者であります！」

ニコラは咄嗟にリカルドの名を出してこの場をごまかそうと試みる。

「ああ、あの丸々とした伯爵様の？」

「ええ、その！　その伯爵のです、ええ！　先ほど大広間で踊っていらしたのを片隅(かたすみ)より拝見しておりました！」

「あら、そうなの。あの方ったらなかなか離(はな)してくださらなくって、あたくし困ってしまいましたわ」

咄嗟に口から飛び出た身分詐称だったが、一応信じてもらえたようなのでニコラは胸をなでおろす。さらわれてきたときのニコラは眠り込んでいたし、今はびしょぬれ状態でもあるので、印象がだいぶ違うのだろう。

「それで、貴方、今……何か、耳にしましたかしら？」

声をすっと低めて、凄みのある微笑みのまま詰め寄ってくるビビアナを前に、ニコラはふるえだしそうになる。が、ぐっとこらえて、渾身の笑顔をつくった。イケメンの笑顔をである。

「いいえ、私の耳には何も入っておりませんビビアナ様！　貴女様が私以外の男と交わす言葉など聞きたくはありませんから！　私は木の上からひたすら、貴女様だけをただひたすらに見つめておりましたから！　ええ、そうです、大広間で貴女様の踊る姿を見た瞬間から私は激しい恋に落ちているのでありますっ！　主のリカルドをもほっぽり出して貴女様を追ってここまで参ったのでありますっ！」

ニコラは必死にまくしたてた。ビビアナに恋するお馬鹿なイケメンになりきってこの場を乗り切ることしか思いつけなかった。

半ばヤケクソである。百戦錬磨な寵姫相手にこんなのは通用しないだろうと思いつつ、必死で口説くしかなかった。

濡れたままの手で、ビビアナの手をがしっとにぎって、ビビアナの目力の強い双眸をまっすぐに見つめる。ルーナから学んだ技を、今こそ使うべき時だ。

「貴女様の輝きに気圧されお近づきになる勇気が出せず木の上に隠れるという体たらくをどうぞお許しくださいビビアナ様！　ああ、私がもっと勇敢な男であったなら！　貴女様と他所の男との逢い引き場面を見るなどという苦行も味わわずにすんだのに！　今の男は恋人なのですか⁉　私にもそうなれる幸運はありますでしょうか⁉」

しばらくぽかんとしていたビビアナは、くすりと呆れたように笑いをもらす。

「さっきのお人が誰なのかも知らないなんて貴方、本当に下っ端の従者のようですわね。ならば……」

捨て置いてもいいかしら、という呟き声を聞いて、ニコラは耳を疑った。まさか通用してしまったというのか。こんなやぶれかぶれの口説きが。

（と、とにかく乗り切れたよねっ⁉　今のうちに、とっとと逃げよう！　私がさらわせてきた「王女の恋人」だっていつ気づくかわからないし！）

ニコラは水からざばりと立ち上がり、全身から水を滴らせながら噴水を出る。

「いやぁ、やはり私ごときではビビアナ様のお眼鏡にはかないませんよねっ！　先ほどの男とかなり親密なご関係のようでしたもんねっ！　とっても残念ですけど潔く忘れますねっ！」

そそくさと立ち去ろうとしたニコラだったが、今度はビビアナのほうからがっしり手をにぎってきた。

「気に入りましたわ。貴方はあたくしの所有物の中でも上位に入る美男子……！」

「え⁉」

真っ向から見つめてくるビビアナの目はうっとりと潤んでいた。

「帰国なんてせずにあたくしの側にとどまりなさいな。貴方、名は？」

「なっ名乗るほどの従者では……！」

ニコラは慌てた。

なんと通用しすぎてしまったらしい。強者の寵姫ともあろう人がこんなに易々となびかないでほしい。もしや水が滴っていることで良い男感が増してしまったのだろうか。

ビビアナはうっとりした顔でじりじりと迫ってきて、今にもニコラをこの場で押し倒しそうな気迫に充ち満ちていた。

恐怖で動けないニコラだったが、眼前に迫るビビアナが突然、痛っ！　と叫んだ。

「だっ、誰なの……⁉」

ビビアナが低く呻きながら自身の後頭部をさする。その足元には煉瓦の欠片が落ちており、どうやらどこぞから飛んできたそれが頭を直撃したものらしい。

「ふざけた真似を……！　いい度胸だこと！　誰の仕業！　いいところで邪魔をして！」

苛立ちをむき出しにしたビビアナが、自身の深紅のドレスの裾をがばっとまくり、足首の辺りから何かを取り外す。

それは小ぶりな短剣だった。足首にくくりつけてあったらしいその短剣の鞘をはらい、両手で構えて、ビビアナは中庭をぐるりと見回す。

「出ておいでなさい！　だあれ、あたくしの邪魔をする不届き者は！」

一体いま何が起きているのかニコラにもさっぱりわからなかったが、とりあえずこの隙に逃げようとビビアナからそっと距離をとる。

しかしそのとき、地面に投げ捨てられている鞘が目に入って、はっとニコラは足を止める。

（これ……！）

紅玉がいくつも嵌め込まれている、美しい鞘だった。一カ所、不自然に抉れたようになっている場所がある。あの手がかりの紅玉は、そこにぴたりと嵌まるに違いなかった。

ニコラは、さっと鞘を拾って懐にしまい、それからビビアナに向かって颯爽と手を差し出す。

「ビビアナ様、そういった血なまぐさい事はこの私が！　そちらの短剣をどうぞ私に！　貴女様のか弱く美しい手に刃物なんて似合いませんから！」

あら……と嬉しげに微笑んだビビアナから渡された短剣をしっかりとにぎって、ニコラは渾身のイケメン顔をつくってみせる。

「向こうに怪しい人影が向かいましたので私が見て参りますっ！」

そしてニコラは脱兎のごとく中庭を出て、回廊を猛然と駆けだしたのだった。

ニコラは逃げ足にはそれなりに自信がある。かつてミグラス邸で、若い女性使用人たちにきゃあきゃあ言われて追いかけ回されていた時代に培われた。そんなイケメン由来の駿足でもって、ニコラは来た道を思い出しつつ廊下を駆け抜けた。全身から滴る水も吹き飛ぶ勢いで走り続け、仮装衣装の着替えをした支度部屋がようやく見えてくる。

そこにルーナの姿は見えない。まだ戻ってきていないのか、それとも中に居るのだろうかと思いつつ扉の前までたどりつき、駆けてきた勢いのままに扉を開ける。

と、背後から、ニコラを押し込むようにして誰かが一緒に室内になだれこんできた。

ぎょっとしてふりむけば、そこには思いがけず、ルーナがいた。

彼を見るなり安堵が込み上げてきて、そのうえ息と足が限界で、ニコラは床に倒れるようにへたりこむ。

肩で息をしながらルーナを見上げると、彼は共に踊ったときの宮廷服のままだった。そしてなぜか、大きめの革袋を左肩にかついでいた。

目が合い、ニコラはどきりとする。ルーナが、ひどく真剣な顔で見下ろしてきたからだ。

「驚いたよ……回廊を通りかかったら君があの寵姫と一緒にいるのが見えたから……」

彼の硬い声音と表情に、静かな怒りのようなものがかすかに感じられて、ニコラは息をのんだ。

「ひとりであの寵姫に接触するなんて危険すぎるだろう……どうしてあんな無茶な真似をしたんだ」

「す、すみません……！　偶然見かけて、それで……私も力になれるかと思って……」

しゅんとニコラがしょげると、ルーナは気まずげに頭を掻き、ニコラと目線を合わせるようにしゃがみこんでくる。

「……ごめん、ちょっと強く言いすぎた。元はといえば俺がここを離れてたせいでもあるわけだし……ただ、ああいう危険人物と向かい合ってるニコラを見て本当にひやっとしたからさ……良かった無事で」

ぽんぽんと優しく肩を叩いてくれるルーナの大きな手は温かくて、ニコラは彼が真剣に心配してくれたのだと感じ、なんだか胸が熱くなった。

「ところでニコラ、寵姫ビビアナとは何を話してたの？　なんだか詰め寄られてるように見えたからとりあえず落ちてた煉瓦を投げつけてみたんだけど」

「あっ、あれルーナさんが……!?」

「それから急に全速力で駆けだすもんだからさ、なかなか追いつけなくて参ったよ。随分と足速いんだねぇニコラは」

　同じ距離を駆けたわりにルーナは大して息切れもしていない様子だった。ルーナが立ち上がり、襟元のスカーフをゆるめつつ、元々着ていた騎士服の置き場へ足を向ける。ニコラは慌てて背を向けて、どうやら着替えはまだだったらしい彼の着替える音を背中で聞きながら、まだなかなか本調子に戻らない呼吸を整える。

「あのう、着替えも後回しにして、ルーナさんは今までどちらへ……?」

「ああ、うん。寵姫ビビアナの私室にね、忍び込みに行ってた」

「え!?」

「大広間の舞踏会でぱっと見た限りでは欠損のある装身具は見当たらなかったからね。だから私室のほうに保管されてないか確かめに行ってたんだ。彼女は王宮の一画に豪勢な部屋を与えられてるから」

「あ、あの、ルーナさ……」

「舞踏会のときに、このあと国王と中庭で落ち合う約束してるっていう会話が聞こえたからさ、だから主の居ぬ間に忍び込んで室内を捜索したんだけど、ダメだね、めぼしい成果なし。代わりに気になったものはいくつか拝借してきたんだけど」

「怪しいブツは色々あるにはあるんだけどね。しかし確かな物証っていうのはまだ」

「あのうっ」

「ありましたっ！」

ニコラは勢いよく片手を突き上げた。紅玉の輝く短剣をにぎりしめた手を。

「さっき、寵姫ビビアナが身につけてたのを、その……盗ってきちゃいまして……」

もごもごと言い訳のようにそう言うニコラの手から、するりと短剣が抜き取られる。

ふりむくと、騎士服に着替え終わったルーナが、じっと短剣に見入っていた。そして懐から取り出した紅玉を鞘の不自然に抉れている箇所に嵌め込めば、寸分の隙なくぴたりと収まって、ルーナは嬉しげに何度も頷いた。

「間違いないね、なるほど装身具じゃなくて護身用の武器……ん？」

ルーナがふと小首を傾げて、短剣の握り部分である柄の真ん中辺りを、爪でこつこつと叩く。それからその柄を強く握って力を込め、ひねった。すると、柄がかちりと外れた。

「柄が二重になってるのか……妙な空洞音がすると思ったら、こんな細工が施されてるとはね」

どうやら、本当の柄の外側に偽の柄が被せられて、二重になっていたらしい。そして、二重になっていた柄と柄の間のわずかな空間に紙片のようなものが隠されていたようで、ルーナはそれを摘まみ上げた。

小さく折りたたまれた紙のようだった。見るからに上質そうな薄手のその紙を広げて、ルーナが真剣なまなざしを注ぐ。

（手紙か何かかな？　細工されたとこに隠してあった感じだけど、何なんだろう……）

ニコラは首を傾げながら見守る。

「大手柄だよ、ニコラ……」

「え？」

「これは、強力な武器になる……ありがとうニコラ」

満面の笑みのルーナがニコラの手をがっしりつかんでぶんぶんとふる。

「え、えっと……？　それは一体……」

「婚姻潰しの首謀者確定の物証どころじゃないよ。この短剣にはそれ以上の価値がある。これがあれば、あの寵姫ビビアナを一発で失脚させられる」

短剣に隠されていた紙を、ルーナがニコラに寄越してくる。しかし渡されたところで、ニコラにはそこに記されている文字がひとつも読めなかった。

「ヴォス帝国の文字だよ」

「えっ、東の？」

思わぬ国名にニコラは面食らう。

「これは証書のようだね。ヴォス帝国の統治者とビビアナの間で取り交わされた契約に関するものだ。ビビアナは、ヴォス帝国側の意向を受けて動く。ヴォス帝国側は、ビビアナにそれ相応の報酬(ほうしゅう)を支払(しはら)う、っていう感じの内容」

「え、帝国側の意向を受けて動く……って、それって……」

「そう。ガルフォッツォ国王の寵姫ビビアナ・ベナトーラは、ヴォス帝国製の首輪をつけられた犬だったわけだ」

ルーナがにっこり笑う。

「売国奴(ばいこくど)は厳罰(げんばつ)に処される。これで彼女の企(たくら)みも権勢も終わりだ」

広大な国土を有するヴォス帝国は、その一部の要所たる土地を、ガルフォッツォ王国とユマルーニュ王国に挟(はさ)まれている。それゆえ、この両王国に今以上の強固なつながりを築かれることに危機感を抱(いだ)いているのだという。
「そういうわけで今回の婚姻潰しを画策してるんだろう。いつからこの国の寵姫ビビアナに首輪をつけたのかは知らないけど、人選はまあ妥当(だとう)なとこだね。王女アリアンヌに攻撃(こうげき)を加えることに微塵(みじん)も躊躇(ちゅうちょ)しなそうな人間だし」
廊下には相変わらず仮装をした派手な人々が行き交っていた。並んで進みながらニコラは、ルーナが左肩にかついでいる革袋のほうへちらりと目をやる。かの短剣は、元通りに証書を細工の中に戻した状態で、その中にしまってあった。

「それを上の偉い方に届け出れば、もう殿下の婚姻を潰される懸念もなくなりますか？」

「当面はね。といっても届け出る相手は国王じゃダメだ。愛しの寵姫をかばって握り潰す恐れがある……たとえ売国という大罪を犯した女でも。惚れた弱みでね」

　幾度目かの回廊に差し掛かり、ニコラは強い陽射しに目をすがめた。この王宮は大小いくつもの建造物が複雑に組み合わされて、巨大なひとつの王宮を成しているらしい。それぞれが回廊でつながれており、凝った意匠の中庭もたびたび現れる。

「だから、王立保安軍の長官に届け出ればまあ間違いないかなぁ。周辺諸国の不穏な動きに対して目を光らせる役目の軍だからね、そこの長にこの証書を持ってくのが最適だ。王立軍長官なら王権にもそこそこ対抗しうるし」

　回廊をすぎて新たな建造物に入り、大階段をのぼってまた廊下を奥に進んでまた階段をのぼり、もうニコラには元の道も完全にわからなくなった頃、とある厳めしい扉の前でルーナはようやく足を止めた。

「ここが執務室。その長官の」

「えっ！　そ、そんな王宮の中枢まで来ちゃってたんですか……！」

「守りが手薄だよね、ここ。浮かれたお祭り期間とはいえ隙だらけすぎるよなぁ」

そう他人事みたいに笑いながら、ルーナは扉をノックしてさっさと入室していく。自分も入っていいものだろうかとまごまごしつつニコラも後に続く。自分中はこぢんまりとしていて、どうやら控えの間のようだった。長椅子と窓と、続き部屋につながるらしい扉があるきりの簡素な部屋だ。

奥の大きな窓から射し込む陽はまだまだ強く、正午を回った頃合いのように思われた。噴水の水でずぶ濡れだった全身はいつのまにやらほとんど乾いており、ニコラは自国との気候の違いを改めて実感した。

続き部屋から、従者らしき少年がひょこっと顔を出す。

「長官殿に急ぎの報せがあるんだけど、取り次ぎを頼めるかな？」

にこやかに問うルーナに、少年は困り顔を返す。

「申し訳ありません、不在なんです。公務で朝から街におりていて……」

「おや、そうなんだ。お戻りはいつ頃かな」

「夕刻に戻ると聞いていますので、まだかかるかと……こちらでお待ちになりますか？」

「そうさせてもらおう」

長椅子に腰掛けるルーナに、少年はおずおずとした様子で口を開く。

「あの、騎士様……お名前を伺っても？　それから、そちらのお連れ様も……」

明らかに異国の人間とわかるニコラが同行しているので、素性を不安に思ったのかもしれない。ニコラはどうしようかと視線をあちこちさまよわせるが、ルーナは少年のほうにぐっと身を乗り出して、笑みを深めてみせる。

「名乗るほどの男じゃないよ。ただの、王国の忠臣だ。それより君、長官殿に仕えて長いの？」

「え、僕ですか？　僕は、いいえ、まだ来たばかりで……」

「そっかそっか、職務熱心で結構だね。さすが王立保安軍長官の従者、見所があるよ。俺のところに来て騎士見習いにでもならない？　ご老体の長官殿より、若くて将来性のある俺のほうが仕えてて楽しいと思うよ」

「んなっ何を仰るんですか……！　僕はっ、そんなっ、簡単に主を乗り換えるなんてことは……！」

少年は顔を真っ赤にして、続き部屋の向こうへ逃げるように駆け込んでいった。この人は女の子だけでなく男の子までたぶらかせるのか……！　とニコラはおののいた。

さて、と呟いて、ルーナは満足げに傍らの革袋を軽く叩く。

「あとは、こいつを渡すだけだね。もう婚姻潰しの阻止は済んだも同然、こっちはこれで一段落だ。というわけで今度は君のほうの案件に、ちゃんと協力するよ」

「え？　わっ……！」

ぐいと手を引っ張られて、ニコラはルーナの隣に座らされた。そして間髪を容れずに肩を抱き寄せられ、ルーナの胸にぽすりと寄りかからされ、顔を上向かされた。

眼前に、とても間近に、なんだか妙に楽しそうなルーナの顔。あまりに近すぎる。ニコラは狼狽し、これ以上は無理というほど赤面し、顔を背けようとしたがルーナの指先で顎を固定されてしまって動かせない。

「なっ何なんですかこれは!?」

「男を磨きたいんでしょ？　男が女に対してどう迫るか、学びたいんでしょ？　庭園で俺のやり方やたら熱心に観察してたよね」

「せ、迫り方というか……」

「傍から見て観察するよりさ、やっぱり実地で学んだほうが何事も身になると思うんだよね。だから君自身が身をもって、俺に迫られてみるといいんじゃない？」

「あっ、ですけどもう、私だいぶ上達したといいますか！　先ほどあの寵姫ビビアナに対してかなりいい感じに男っぷりを発揮できましたので！　通用しましたので！　なのでもう、充分かなぁと！」

「いやいや、俺からしたらニコラは男にはまだまだ程遠いね。君はまだ可愛い」

「かっ……」

ニコラは絶句した。顔も体も動かせず、もはや口をぱくぱくと動かすことしかできなかった。顔がさらに熱くなっていくのが自分でもよくわかって、鼓動もこわいくらいに高鳴って、ニコラは激しく動揺していた。

今朝の、あの森の中の館ででも彼は距離が近かったし顔を近づけたりもされたけれど、あのときも動揺はしたけれど、だけどここまでではなかったはずだ。どうして今こんなにも全身が心臓になったかのように脈打っているのか、熱くてたまらないのか、ニコラはわけがわからなかった。

「あれ？」

ルーナはふと呟いて、抱いていたニコラの肩の辺りをぽんぽんと叩く。

「なんか……しっとりしてない？　そういえば髪とかも」

「あ、ええっと、これはさっき木から落っこちて噴水に浸ったので……」

「え！　怪我は⁉」

「いえいえ全然、私このとおり頑丈ですので」

「何言ってんの、どこか切ったりとか打ったりとかしてるんじゃ……」

ルーナがニコラの両手をつかんで、真剣な目で、傷がないかを丹念に確かめだす。強いまなざしで顔もあちこち見つめられて、繊細なものでも扱うような指先で頬や首筋を撫でるように確認されて、ニコラの心拍数はさらに大変なことになってきた。肌が燃えるような心地だった。木から落下しても別に大したことはなかったのに、ルーナにこうされているほうがよっぽど心身に甚大な影響が出ている。

「ほ、本当に大丈夫ですので……！」

「本当に？　ああ、そんな濡れたの着たままじゃ体調悪くするな。俺の上着と交換しよう」

「ええっ」

真面目な顔をしたルーナに上着をするりと脱がされそうになって、ニコラは全力で固辞する。

「大丈夫ですのでっ！　本当に！　もうカラッカラに乾いてますから！　いやぁさすが灼熱のガルフォッツォですよ！」

「遠慮なんてしなくていいのに」

「遠慮とかじゃなく！　というかこんなバタバタしてたらさっきの従者さん来ちゃいますよ⁉　変な感じに思われてますよ絶対！」

「来てもかまわないでしょ別に」

そのルーナの言葉に反応するかのように、がちゃりと扉の開く音がした。

ただし開いたのは続き部屋につながるほうの扉ではなく、廊下側の扉だった。

扉の向こうに立っている男を見て、ニコラは面食らった。それは大広間での舞踏会の際に出くわした男だった。ニコラを無理やりダンスの相手にした、目の据わった騎士服の男だった。

（こ、こんなところでまたもや出くわすなんて……というか、なんで私、睨み付けられてるの……？）

大広間のとき以上に険しい目つきで、男はなぜかニコラをまっすぐに睨み付けてくるのだった。目をそらさないまま、さらに男はニコラをまっすぐに指差してくる。

「見つけたぞ、ユマルーニュ王国の男……おまえだな？　盗人は」

「は、はい……？」

「とぼけるんじゃないぞ！　金髪碧眼の若いユマルーニュ人で青い宮廷服姿でやたらと顔が良い男！　ビビアナ様に聞いたとおりだ、おまえのことだろう！　あの方から盗んだ短剣を返せ！」

あっ、とニコラは慌てて長椅子から立ち上がる。中庭で短剣を奪い去られたと気づいた寵姫ビビアナが早速、追っ手を差し向けてきたようだ。

（この人、寵姫の手下だったのか……あっ、もしや十人以上いるっていう愛人のひとり？　それで舞踏会のときあんなに不機嫌だったのかも……彼女が他の男と踊ってたから）

男は苛立ちをありありと顔にのせて、一歩踏み込んでくる。腰に下げた長剣の柄に右手を添えながら。

「さあ早く、ビビアナ様の短剣を僕に寄越すんだ。さもなくばこの剣でおまえのその無駄にきれいなツラをぎったぎたに――ってぇっ！」

男は急に痛そうに呻き、右手の甲をかばうようにおさえた。と同時にその足元に小瓶らしきものが落ちて割れ砕ける。どこぞから鋭く飛んできたそれが男の右手を強く打ったらしい。

「狭い室内でそんな長いものをふりまわすのはどうかと思うよ？」

ルーナはいつのまにか男との距離を詰めていた。ルーナの長い脚が勢いよくふりあげられた次の瞬間、男は吹っ飛んで、扉に叩きつけられていた。

男の体がぐにゃりと床に沈み込むのと同時に白い小石のようなものが辺りにぱらぱらと散らばって、ニコラはぎょっと目を剥いた。それはたった今ルーナの回し蹴りによってへし折られた歯のようだった。

「ひとまずここは離れよう。他にも追っ手が来るかも」

「わあっ⁉」

ニコラはルーナの両腕にひょいと抱き上げられていた。ニコラも革袋も軽々と抱え込んだルーナは奥の大きな窓を開け放ち、身を乗り出す。

「しっかり俺に抱きついててね」

「えっ⁉　うそ、ここって四階くらいでは⁉　無理！　無理ですって！」

「木から落下しても怪我ひとつない水を司る神と一緒なら平気じゃない？」

「何を馬鹿なこと言っ……！」

心臓がひっくり返るような浮遊感の中でニコラは必死に彼にしがみつく。全身に衝撃が響き、数秒の後、ニコラはおそるおそる目を開けてみる。

「あ、れ……?」

ニコラは周りを見回してぽかんとする。バルコニーの真ん中にいた。地面ではなく。すぐ横手の窓の向こう側、カーテンの隙間からは、にぎやかそうな仮装舞踏会の様子が窺えた。あの大広間以外も舞踏会の会場になっているらしい。

「ひ、ひとつ下の階の、バルコニー……?」

「そ。無人で良かった良かった」

ルーナに抱えられて目を瞬かせていたニコラは、すとんと下におろされた。が、次の瞬間にはバルコニーの隅の暗がりにぐいっと引っ張り込まれていた。

ニコラに覆い被さるようにしてルーナが壁に手をつく。間近の距離から見下ろされて、ニコラの心臓はいよいよ大変なことになっていた。背中には壁、逃げ場もなく狼狽してわけのわからないわめき声が口から飛び出しそうになるが、ルーナの長い人差し指がニコラの唇をふさぐ。

「クソッ、逃げられた……！　せっかく見つけたってのに！」

上階から聞こえてくる怒声に、ニコラはハッとする。

声の主は窓際にいるらしい。先ほどの目の据わった男に違いなかった。

「あいつら、ここから飛び降りた、よな……？　四階だぞ、野蛮な連中め……ああクソッよく見えない、頭がぐらつく……クソッ僕の歯が！　しかし逃がすもんか！　ビビアナ様のために……っ」

上階でばたばたと靴音が響き、やがてそれも遠くなり、絶えた。ルーナが小さく笑う。

「意外に復活が早かったなぁ。こっちにまでは来ないと思うけど、一応もうしばらくこうしていようか。舞踏会を抜け出してバルコニーで逢い引き中のふたり、に見えるでしょ」

なめらかな低音の小声に耳をくすぐられて、ニコラは声も出せない。こくこくと頷くしかできない。

「まあ追いつかれても大丈夫だと思うけどね。頭ぐらついてるようだし、利き手もしばらく使い物にならないだろうから」

「あ……あの人の右手に何か投げつけてましたよね……？」

「例の香水の小瓶だよ、寵姫ビビアナの。何かに使えるかと思ってね、さっき私室に忍び込んだときに拝借してきたやつ」

ルーナがちらりと足元の革袋に目をやる。

「見事に割れて中身もれちゃってたから、あの控えの間、強烈な香りが充満してしばらく大変だろうねぇ」

他人事みたいに言ってルーナはにこにこしている。

「あの男は寵姫の愛人ってとこかな」

「そうですよねやっぱり」

「本当に見る目がないようだね。俺たちと大広間で一度顔を合わせてることにもあれじゃ気づいてないんだろうな。あのときのドレスのニコラと今のニコラが同一人物だってことにもね」

「そんな感じでしたね……」

ニコラは段々、彼の言う言葉があまり耳に入ってこなくなっていた。

ルーナに覆い被さられているせいで、ルーナが近いせいで、鼓動が一向に鎮まらず、何も考えられなくなってくる。

暑さも手伝って、頭の芯がぼうっとなる。バルコニーに照りつける灼熱の王国の陽射しは強まるばかりだった。

「顔赤いけど大丈夫？　この国の夏は慣れてないときついからね、倒れちゃう人も多いし」

ルーナのてのひらを額に当てられて、ますます頭がのぼせてしまう。

この国の気候のせいばかりではない。全身が熱くて今にも倒れそうなのは、間近にある漆黒の双眸のせいだし、じっと注がれ続けているまなざしのせいだし、耳をくすぐる囁き声のせいだった。

（どうして、私、こんなところにいるんだっけ……）

頭がぼうっとかすむあまり、ニコラは自分がなぜ異国の地でこんな状況に置かれているのかさえ一瞬見失いそうになった。

（ダメだ、しっかりしないと……でも、熱くて……だって近すぎるし……）

ちらと横目で、ニコラの逃げ道をふさぐかのような彼の両腕を窺う。そこに宿る体温も、ニコラをより一層熱くさせているに違いなかった。

温かくてたくましいその両腕の間におさまっていると、ニコラは自分が小さくて華奢でか弱い生き物にでもなれたような錯覚を覚えた。

——俺といれば気にならなくなるんじゃない？　俺とずっと一緒にいればいいよ……

不意に脳裏に彼の軽口がよみがえって、ニコラは甘い心地に襲われた。それから胸をしめつけるような痛みにも襲われた。

つい、考えてしまう。ユマルーニュ王国行きの交易船の出港時刻まで、あとどのくらいの時間が残されているのだろうかと。

「ニコラ？」

「え……」

ルーナに不思議そうに問われてニコラは初めて、自分の手がルーナの胸元にしがみついているのに気づいた。慌てて離そうとするが、その手をルーナににぎられて、押しとどめられる。

「いいよ、気分悪いんでしょ？　俺につかまってて」

ぐいと肩を抱き寄せられて、ニコラは抗（あらが）えず、ルーナの胸に体重を預けていた。ニコラが寄りかかっても彼の体はびくともしなかった。

（言われてみれば確かに、立ちくらみがする……朝から緊張（きんちょう）続きの状況だし、ずっと何も食べてないし、無理もないか……）

支えてくれるルーナの胸にもたれかかりながら、ニコラは目眩が去るのを待った。

陽射しは暑く、彼の体も熱い。なのにその体温から離れたくないと、ニコラはなぜか思っていた。体調が悪いからなのか、それともそれだけではないのか、自分でもよくわからない。

（何か変だ、私……どうしちゃったんだろう、さっきから……）

ニコラは自分で自分がわからなくなっていた。ここは無理やり連れてこられた異国の地だというのに、いつのまにか、なぜか離れがたくなってしまっているのはどうしてなのだろう。今日初めて出会った人の胸に居心地（いごこち）の良さを感じてしまっているのも、どうしてなのか、わけがわからない。

ニコラは目眩の渦（うず）に翻弄（ほんろう）されながら、ルーナの腕（うで）の中でじっと、目を閉じていた。

第４章　思いがけないキスと正体

「それじゃ、ここで待機して長官を待つとしようか」

干し草や木桶が雑然と積み上げられている物置小屋の中に、ルーナは腰をおろした。

ニコラも微妙に彼から距離をとりつつ、膝を抱えて座り込む。といっても狭いのでさほど距離はとれない。何せ大量の干し草であふれかえっているので、ふたりが確保できる空間はわずかなのだった。

この物置小屋は、王宮の人々が使用する立派な厩舎の傍らに付属している。

ここの厩舎は馬車小屋をも内包する実に大きなもので、街から帰ってくる馬車が必ず立ち寄る場所なのだという。ニコラたちが今面会しようとしている王立保安軍長官も帰り次第ここに来るはずで、それでふたりはひとけのない物置小屋のほうにこっそりと忍び込んで、長官の帰りを待つことにしたのだった。

「夕刻に戻るって話だし、まだ時間にだいぶ余裕あるからさ。ニコラ、ちょっと横になってたら？」

「あ、もう体調のほうはすっかり大丈夫なので……元々頑丈ですし」

「そう？　でもまあ特にここですることもないし、のんびり休んでなよ」

「は、はい……」

のんびりと言われても、ニコラはルーナといると胸が異様にばくばくしてしまうので休むどころではない。

（た、たぶん……体調おかしかった上に距離が近すぎたせいで動悸とか変な感じになっちゃったのかな……？）

これまで男の人とあんなに密着するような経験なんて皆無だった自分が、ルーナのような男性の魅力たっぷりな人と変にくっつきすぎたから色々とおかしくなったのだろうと、ニコラはそう思うことにした。

（やっぱりルーナさんはそれだけ凄い男の人なんだなぁ……彼にお手本になってもらったのは大正解だったな、うん）

自分の胸の高鳴りに、ニコラはそう折り合いをつけた。

そしてこれ以上おかしな状態にならないように、彼を極力視界に入れないようにしようと、ニコラは少し開けた状態の扉の隙間から外をじっと窺う。ここからなら戻ってくる馬車の様子がしっかり確認できるので、いつ長官が帰ってきても大丈夫だった。

目を遠くへやれば、夏薔薇が華麗に咲き誇る薔薇園が見渡せた。朝方に立ち寄った庭園と同様に、やはり派手に仮装した人々が集っているようだった。にぎわう彼らの声が夏風に乗ってかすかに届く。

　薔薇園のさらに奥にあるのが、先ほどまでニコラたちがいた巨大な王宮の、その背面である。遠くから見てもその威容は圧倒的だった。あの中で踊ったり走ったり落っこちたりしていたのかと思うとニコラはなんとも不思議な気分がした。

「そんなに見張ってなくても大丈夫だよ。まだまだ陽は高いでしょ？」

　彼の言うように午後の陽射しは相変わらず強いままで、目に痛いくらいだった。

　長官が戻るという夕刻まで、ここでルーナとふたりっきりだ。それを思うとやはり緊張せずにはいられない。

「わあっ⁉」

　突然ルーナが身を寄せてきて顔まで近づけてきたので、ニコラの動悸は再びとんでもないことになった。

「んなっ……⁉」

「いや、まだ体調いまいち微妙なんじゃないかと思って。なんか発熱しちゃってるように見えるし」

　こつり、とルーナが額に額を合わせてくる。

　彼を極力視界に入れないようにしようと思っていたのに、これじゃ思いっきり目の前である。視界全部が彼である。ニコラはなんだかもう泣きたくなってくる。

「うーん、やっぱり熱っぽいなぁ……」

この状態のせいで今まさに熱が急上昇しちゃってますからねっ！　あなたのせいでの発熱なんですからねっ⁉　と心の中で叫びつつ、ニコラはルーナの額から己の額をひっぺがす。

「ほんっとうに！　大丈夫ですから……！」

「本当かなぁ。無理はしないでよ？」

心配そうに顔をのぞき込まれて、またもや胸が高鳴ったり、嬉しさがじんわり広がったりして、ニコラは途方に暮れた。心身あちこちが本当におかしなことになっていて、ひどくふりまわされているのに、だけれどその感じがなぜか嫌ではないのだ。こんなにも混乱をもたらす彼とここでしばらくふたりきりで過ごすということに、嬉しさを感じてしまっている自分も確かにいるのだ、なぜか。

ニコラはしばらくの間、己のわけのわからなさと共に膝をぎゅっと抱えて、俯いて、なんとか自分を落ち着かせた。

それからどうにかいくらかの落ち着きを取り戻したニコラは、ルーナのほうにそっと視線をやってみる。

彼は干し草の束にもたれかかって、革袋の中をがさごそと探っていた。中には例の短剣やら何本もの瓶やらがしまわれているようだ。

「あ、そうだニコラ、これ持っててよ」

「え……」

ぽんとてのひらに渡されたのは、小さな瓶だった。濁ったような色の液体が入っている。

「何ですか、これ……？」

「眠り薬。の、強烈なやつね。人を気絶させるときなんかに使う」

ぎょっとしてニコラはまじまじと小瓶を凝視する。

「これも寵姫ビビアナの私室にあったやつ。君はさらわれたとき、これを嗅がされて意識を奪われたんじゃないかな」

「あっ、そうかもしれないです……！　確か、ええっと、湿った布を口に当てられて、変な臭いと急な目眩が……」

「じゃあやっぱりこれだな。まあ体に害は残らないから安心して。だけど強力な効果がある危険な代物には違いないし、そこらへんには流通してないはずなんだけどね。ヴォス帝国から提供されたのかもなぁ」

「これを、私に……？」

「君も一応追っ手がかかってる身だからね、護身用に持ってて。ちょっと嗅がせたら即効で相手の意識奪えるから」

ごくり、とニコラは唾をのんで、怖々とした手つきで懐にしまう。

「しかし本当にあの寵姫は贅沢三昧みたいだねぇ。私室に高価な宝石が山のようにしまいこんであったよ。あれだけ貢いだ女があっさり他国と通じてるんだから、まったくあの痩せぎす国王も間抜けとしか言いようがない」

自国の王に対して随分とずけずけ言うもんだなぁと、ニコラはなんだかひやひやしてしまう。彼は苦笑を浮かべたまま、革袋の中から大きめの瓶を数本取り出して、床に並べだした。

「ここら辺のも高級品。あの女のせいで大迷惑を被ってるニコラはもらう権利あるよ、飲んだら？　葡萄酒に蒸留酒に果実水に……」

「あっ、少し頂いてもいいですかっ！」

ニコラは飲み物を見た途端に喉の渇きを強烈に感じて、反射的に手をのばしていた。思えばお針子部屋でリリにお茶をごちそうになって以来、何も口にしていない。

しかしニコラが引っつかんだ瓶に口をつけようとする直前、さっと横からルーナに瓶を奪われる。

「これはダメ。酒だから」

「え、それ甘い匂いですよ、蜂蜜水では？」

「酒だよ、蜂蜜酒。こんな匂いのわりにだいぶ強め。男と密室にふたりでいるときにこんなの飲んじゃダメだよ」

「みっ……」

「ニコラはこっち」

代わりに渡された林檎の果実水をニコラは一気に飲みほした。密室でふたりなどと言われてどぎまぎしたせいで余計に喉の渇きが加速してしまっていた。

ルーナは蜂蜜酒の瓶をしばし見つめたあと、首を横にふって床に置いた。

「俺もやめといたほうがいいな……寝酒になっちゃいそうだし」

欠伸をかみ殺すような声で呟いて他の瓶に手をのばすルーナを見て、ニコラは首を傾げる。

「ルーナさん、眠たいんですか？」

「んー……先の目処がついてちょっと気が抜けたかな。さすがに丸三日寝てないとね」

「みっ……!?　いやいやいや三日はダメでしょ！」

ルーナがまさかそんな状態で踊ったり走ったり回し蹴りしたりしていたとは。ニコラは慌てて周囲の干し草を床にこんもりと敷いて、ルーナが快適に横たわれる空間をつくろうと試みる。

「急にどうしたのニコラ」

「ちょっとでも眠ってください！　私なんかよりルーナさんのほうがのんびり休むべきじゃないですか！」

「いや、でも」

「まだ夕刻までだいぶ時間ありますし、長官らしき馬車が来たらすぐに起こしますから！」

さあ！　と干し草を敷いた床をばしんと叩いてニコラが促すと、ルーナは小さく笑って、頷いた。

「それじゃあ遠慮なく」

「え⁉」

しかしルーナがごろりと横たわったのは、干し草の上ではなく、ニコラの膝の上だった。突然己の膝にのし掛かってきた温かい重みに、ニコラは為す術もなくあたふたするしかない。

「るるるルーナさん！　こっちではなくて……！」

「こっちがいい。嫌？」

　まっすぐに見上げてくる目と視線がぶつかって、ニコラは嫌とは言えなくなってしまった。三日も寝ていない状態で彼が何度もニコラを助けてくれたことを思うと、膝のひとつやふたつ、おとなしく提供しなくてはという気になってくる。

（でも、ごつごつした私の膝なんかじゃ安らげないのでは……？　もっとふわふわした可愛い女の子だったら、膝枕もちゃんとふわふわしてるだろうになぁ……なんだか申し訳ないなぁ……）

己の膝枕の機能性を心配しつつ、ニコラはじっと身動きしないでルーナの支えに徹した。

「あ」

まどろむようなとろりとした目で、ルーナが空中に視線を向ける。

「さてはニコラに誘われてきたかな」

「え……」

彼の視線を追うと、そこにはひらひらと舞う一匹の美しい蝶がいた。

「さすが、水を司る神と見紛うニコラ。あれは君に恋着して蝶に姿を変えて追ってきた女神だな」

「何言ってんですか……私に寄ってきたんじゃないですよ、ほら」

宙をさまよっていた蝶はやがて、蜂蜜酒の瓶の口の辺りにひらひらとまとわりつきはじめた。蜂蜜の甘い匂いに誘われて、すぐ裏手の森からここに迷い込んできたのだろう。

ここの厩舎のすぐ裏側には森が広がっているのである。王宮敷地内をぐるりと塀のごとく取り囲む広大な森が。

森の中には馬車のための道が切り拓かれており、街から戻ってきた馬車はまず北の門から入って森の中の道を駆け抜けてここの厩舎にたどりつくのだという。

ニコラもうじき、その道を使うことになるのだ。森の中の道を進んで北門から外へ出て、街へ入って港へ向かって、そしてユマルーニュ王国行きの交易船へ乗り込むことになるのだ。ひとりで。

　またもや胸に不可解な痛みがさし、ニコラはそこから急いで目を背けた。帰国できることを、ちゃんと喜ばしく思わなくてはならない。

「しかしほんとに見事な輝きだね。人も蝶も寄ってくるはずだよ」

　ひとつにくくったニコラの金髪が、いつのまにやらルーナの手で搦め捕られていた。彼の長い指先に毛先をくるくると弄ばれて、ニコラは無性に気恥ずかしい気持ちになってくる。

「ね、眠ったほうがいいですよ……？　目つぶるだけでも」

「なんか目がさえてきちゃったかも」

「えっごめんなさいっ、やっぱり私の膝枕ではアレですよね⁉　やっぱり安らげないですよね……！」

「そうだねぇ、安らぐどころじゃないなぁ。むしろ色々と昂揚してくるというか」

　ルーナの指がニコラの髪を離れて、今度はニコラの顎にのびてくる。触れるか触れないかというような淡い手ざわりで、猫でも撫でるような手つきで顎の下をくすぐられて、ニコラは真っ赤になる。

（ねっ、寝ぼけてる……⁉　普通に覚醒してる顔だけど実は眠ってるのかな⁉　ど、どうしたら……！）

　経験したことのない甘い雰囲気に動揺して逃げ出したくなるニコラだったが、動いたらルーナの頭が床に落っこちてしまう。身動きができず固まって、ひたすら視線だけをぐるぐるさまよわせ続けるニコラに、ルーナは愉快げに笑いをもらす。くっくっと笑いながら、漆黒の目でじっと見つめてくる。

「良かったよ、ニコラがいてくれて」

「え？」

「最初はどうなることかと思ってたんだけどね、同行させてほしいって君に頼まれたときは。だけど一緒に来てくれて良かった。ニコラのおかげでその短剣が手に入って、ここまでたどりつけたわけだし、何より……君といると楽しいし」

　まっすぐに見つめられながらそんなことを言われて、ニコラは胸が詰まったようになって、言葉が出てこなかった。彼の目を見つめ返すことしかできなかった。

　優しげな垂れ目をしているのに、彼のまなざしは強い。熱い。見つめられていると、肌も心も焼け焦げそうになるほど。

　ルーナの手が、ニコラの手をそっと持ち上げる。彼はしげしげとニコラの手首を見つめて、そこに未だかすかに残る縄の痕を指先でなぞった。

「でも、本当にもう無茶はしないように。その短剣を無事に渡し終えたらあとはもうおとなしく、港の近くの安全な場所で朝まで身をひそめてて。送っていくから」

「は、はい……」

「王女のために頑張ってるのは立派だけど、君が危険な目に遭うことを君の王女様は望まないんじゃない？」

アリアンヌ王女の優しげな微笑みが脳裏に思い出されて、ニコラはしみじみと頷いた。

「そうですね……殿下は本当に私みたいな無作法な者にも心寄り添ってくださるお優しい方ですから、私が変に無茶したりしたら殿下を悲しませてしまいますね……」

「ニコラはほんとに王女贔屓だね。彼女、どんな人なの？」

興味深げにルーナが問いかけてくるので、ニコラは張り切って身を乗り出した。

「とっても素敵な方ですよ！　あんなに華奢で儚げなのに、輿入れ前の色々な準備を精力的に頑張っておられますし、ちっとも偉ぶらないでおおらかですし、ガルフォッツォ王国の皆さんからも間違いなく大人気になられるかと！　こちらにお輿入れなさったのちには何卒よろしくお願いしますねっ、殿下のこと！」

ルーナは何やら嬉しげな笑みを浮かべて、ニコラを眩しそうに見上げてくる。

「ニコラみたいな子が側にいてくれて、王女も嬉しかっただろうね……彼女は幸運だな。王族といえど、なかなかそんなに親身になってくれる人には巡り会えない」

「えっ、いやそんな、親身にだなんて……私はただ自分の利のために、褒美のために今こっちで色々頑張ってるだけの身ですので」

「だけど君は、お針子の作業部屋ででも、王女の相手の王太子が王女を大切にしてくれるかどうかを心配そうに聞いてたでしょ？　王女の結婚後のことまで心配してるなんて、自分の褒美のためだけじゃないよね」

　優しげなまなざしでそんなふうに褒められてしまって、ニコラはなんだか気恥ずかしくてくすぐったい心地に襲われた。

「ところで、その褒美って何なの？　君は金銀財宝とかを欲しがりそうにはないけど」

　うっ、とニコラは一瞬返答に詰まったが、目をそらしつつ口を開く。

「ええと……その、私ってこんな感じで、女にばっかり無駄にモテてしまうので……婿取りをしなくちゃいけない立場なのにずっと婿が見つけられずという体たらくで……それで今回のお役目を果たせたら、陛下に、褒美として婿を用意して頂けることになってまして……」

　ごにょごにょと答えているうちに恥ずかしさが増していって、ニコラの声量はしゅるしゅるとすぼまっていった。女としての魅力がなくて婿を見つけられなかったのも納得だなあと、ルーナも可笑しく思っているに違いない。

　ニコラはおそるおそる視線を戻して彼の顔を窺ってみる。

　しかしそこに笑みなどはなく、なぜだか彼は、動揺したような表情を浮かべていた。ニコラの手首をつかんだままだったルーナの手に、不意に力がこもる。

「婿……ニコラは帰国したら、婿を取るのか……」

「そうですけども……ルーナさん？」

彼の声にまで動揺したような揺らぎがあって、ニコラは不思議に思った。それから彼は姿勢を変えて向こう側を向いてしまい、ふたりの間に言葉は途絶えて、気まずげな沈黙が続いた。

何も声は発さないのに彼はニコラの手を強くにぎったままで、そこに加わる力と体温を感じ続けながら、ニコラは困惑した。

（なんか黙り込んじゃったけど……眠気がやっと来たのかな？　急に疲れがどっと出たのかもなぁ）

そう結論づけて、ニコラは納得する。

疲れていて当然だ。何日も眠らずに動き回って婚姻潰しの首謀者探しに邁進して、その上ニコラというお荷物まで抱え込んだことで余計に駆けずり回る羽目になったりもして。申し訳なさが込み上げてきて、ニコラは空いているほうの手で、ルーナの黒髪をそっと撫でた。眠りを妨げないように、そっと。艶めく漆黒の髪は手ざわりが冷たくて心地よかった。

「……ニコラ」

「わっ！　えっ起きて……⁉」

ニコラが慌てて手を引っ込めるのと同時に、ルーナがくるりと顔を上向ける。

「ごごごめんなさい勝手に触ったりなんかしちゃって！　けけ決してやましい気持ちなどは！」

「別にかまわないよ。君の膝のおかげでだいぶ回復できたみたいだ、ありがとねニコラ」

上体を起こしたルーナが、瓶のひとつに手をのばして喉を潤しだす。その横顔にはまだ疲れのような翳りが見え隠れしているようにニコラには思えた。

「もうちょっと眠ったほうが良いのでは……？」

「んー、平気平気。これしきの働きでバテてるわけにはいかないからね、俺は」

ルーナは小さく笑って、扉の隙間から、遠くにそびえたつ王宮のほうを見やった。その遠い目は、ここではないどこかをひたと見据えているようだと、ニコラはふと思った。

「俺は……俺の力を証明しなきゃならなくてね。俺の存在価値を、俺は役立つ人材なんだってことを周囲に認めさせないといけない。だから人一倍頑張って結果を出さないと」

「ええっ⁉」

ルーナの言葉にニコラはひどく驚かされた。まるで、彼の存在価値が彼の周囲の人々に認められていないかのような物言いだったからだ。

「何ですかそれっ、ルーナさんは誰がどう見ても明らかに凄い人じゃないですか！　すっごく頼りになるし赤の他人にすぎない私のこと助けてくれましたし、安心させてくれましたし、私のこと何度もわざわざ追いかけて来てくれましたし！　大広間の舞踏会でルーナさんが言ってくれたことだって、踊ってくれたことだって、私には本当に本当に大きなことだったんですよ！　この先ずっとずっと、一生忘れられないくらいの……！」

ルーナがふりむいて、驚いたように目を瞬かせている。

ふつふつと湧いてくるものがそのまま声になって、いつしか熱弁をふるっていたニコラの言葉は、尚も止まらない。

「私は無理やりこの国に連れてこられてこんな異常な状況に置かれちゃってますけどっ、ルーナさんと出会えたからこそ、今こうして無事でいられてるわけですしっ！　あのとき出会えて本当に良かったって、ルーナさんがいてくれて良かったたって、私はほんとに心の底から思っ……」

ニコラの言葉は途中で遮られた。

唇が、ルーナの唇によってふさがれていた。

（え…………）

ニコラの頭の中は真っ白になった。全身から力が抜けて、何も考えられなくなった。

彼の唇は熱かった。注ぎ込まれる熱がニコラの全身に広がっていく。

やがて唇が離されたかと思うと、次の瞬間には強く抱きすくめられていた。

互いの間の距離はもはや消滅していて、ぴたりと隙間なく重ね合わされて、早鐘を打つ鼓動が自分のものなのか彼のものなのかもわからなかった。背中に回されている彼の大きなてのひらは熱くて、しめつけてくるような両腕の力は強くて息も苦しいのに、ニコラは離してほしいとは思わなかった。

囁くような低音で名を呼ばれて、吐息に耳をくすぐられる。ニコラはルーナの胸に顔をうずめたまま、押し寄せてくる甘い心地にただただ翻弄された。

（え、な、なに、これ……なに、この、状況……）

痺れたようになっていた頭の中に、徐々に思考が戻ってきて、ぐるぐると渦を巻きはじめる。

（ま、まだ寝ぼけてる、のかな……？　あっ、もしかしたらこれ、私に迫り方を教えてくれてるのかも……!?）

控えの間でも彼はそんなことを言っていた、男が女に迫るやり方を身をもって学べと。俺に迫られてみればいいと。

だからきっと、これもそういうことなのに違いない。ニコラはそう考えることにした。それ以外に、自分が彼にキスをされて抱きしめられる理由なんてあるわけがないのだから。

しかし己の鼓動が騒がしすぎて、体温もあがりっぱなしで、何かを学ぶなどということができる状態では決してなかった。

（無理……っ！　これは無理ですってルーナさん……！　というかこれを学べたとしても私、王女殿下を相手にこんなこと絶対に再現できないし！）

もう限界です！　もう終了で！　とルーナに申し出ようとしたそのとき、外がにわかに騒がしくなり、はっとふたりは扉の隙間に目をやった。

荷馬車の一行が前を通りすがるところだった。がやがやとお喋りをしながら、一行は森の中の道のほうへ向かっているようだった。

王宮に食材を運び入れに来て、一仕事終えて帰路につく出入りの商人たちのように見受けられた。甘酸っぱい匂いがほのかに漂ってくるので、売り物は果実の類いかもしれない。

一行が通り過ぎて喧噪も遠ざかっていき、ふたりの間には気まずい沈黙が満ちる。

まだニコラの背中に回されていた手をのろのろと外して、ルーナは立ち上がった。

ニコラが見上げると、彼の顔にはかすかに動揺のようなものが浮かんでいるように思えた。しかしすぐに扉のほうを向いてしまってその表情も見えなくなる。

「ニコラ、だいぶ空腹でしょ？　今の商人たちと交渉して残り物の果物でも調達してくるよ……というか頭冷やしてくる」

ここで待ってて、と言い残して、ルーナは高価そうな酒瓶を数本手にし、急ぎ足で小屋を出て行った。

　ひとり残されたニコラは、一気に力が抜けきって、その場に倒れるようにして横になった。

　両手で顔を覆って、言葉にならない言葉を呻いたりわめいたり足をばたばたさせたりしてみても、心持ちは一向に平静にならなかった。顔の火照りも全然ひかなかった。小屋の中を熊のようにうろついてみたり、散らばった瓶や荷物を革袋の中にしまってみたりもするが、ちっとも気持ちは落ち着いてくれなかった。

　口の開いたままの蜂蜜酒の瓶をしまいこみながら、ふと、瓶にまだ蝶がしつこくまとわりついてくるのに気づく。

　この蝶はずっとここにいたらしい。ニコラとルーナとの間に起こった諸々がこの蝶にずっと見られていたのだろうかと思うと異様に恥ずかしくなってきて、ニコラは両手で蝶を包むようにして捕まえると、物置小屋からそっと外へ出た。

（庭師の爺やの手伝いのときにこんなふうに虫を捕まえたなぁ……あれ、でも……うちの庭にいたのより、この蝶はなんだか随分大きいな）

　すぐ裏手の森へ小走りに駆け込んで蝶を放つと、仲間らしき蝶が数匹ひらひらと寄ってきた。どの蝶もやはり、かなり大きな羽を持っている。こちらの王国特有の種類なのか、この森ならではの種類なのかはわからないが、ニコラはここが異国の地であることを改めて実感した。

緑の合間をひらひらと舞いながら去って行く蝶たちを目で追いかけながら、ニコラは新鮮な空気を深く吸い込み、吐き出した。

しばらくそうしているうちに、少しずつ、昂ぶった気持ちもおさまってくる。汗ばんだ肌に夏風が心地いい。

(このままここで待とうかな……あの小屋に戻ったら色々思い出してまた頭の中めちゃめちゃになっちゃいそうだしなぁ……ううっ、ダメだダメだ思い出すなってば私!)

ニコラが顔をぶんぶんふって甘い記憶と余韻をふりはらっていると、不意に、下草を踏みしめる靴音がした。

びくりと肩をふるわせて見回せば、立ち並ぶ幹の合間に人影がふたつ見えて、ニコラは急いで近くの大木の陰に隠れた。

人影のひとつは総白髪の老爺だった。その背後には従者らしき若者がいる。ふたりは森の奥からゆっくりとした足取りで歩いてくる。

「もうよろしいのですか、もう少し粘られてもよいのでは……」

「しかしのう、儂もそう長々と執務室を空けるわけにはいかんのでなぁ」

「まあ新入りひとりの留守居役は私も不安ではありますが。しかし長官、今夜は陛下も神殿にかかりきりでまたとない機会ですし!」

「うむ……そうさのう……では今一度……いや、しかしまことにあの廃屋を使っておるのかは不確かではないか？」

「いいえ長官、その情報は確かかと。幾度も目撃されておりますからね」

聞こえてくる会話に、ニコラは息をのんだ。

（あのご老人、長官って呼ばれてる！　そういえば控えの間でルーナさん、長官のことをご老体とか言ってたし……）

あの老爺こそがまさに、今待ち受けている王立保安軍長官その人なのではないだろうか。しかし空はまだまだ青く、戻ってくる予定の夕刻まではまだ間がある。ニコラはじっと探るようにふたりを見据えた。

ふたりはなぜなのか立ち止まって、森の奥に戻ろうとしているような、戻るのをやめようとしているような様子で、まごまごしている。老爺も若者もどちらとも、ルーナのと似たような騎士服らしき格好で帯剣もしていた。軍関係の人間に思える。やはりニコラたちの目的の人物に思えてならない。

よし、とひとつ頷いて、ニコラは忍び足で物置小屋へと引き返した。ルーナはまだ戻っておらず、ニコラは束の間迷ったが、革袋の中の短剣を引っつかんで再び森へと駆けだした。

（あれが長官本人なら、この機は逃せない……！　ルーナさんは疲れも相当たまってるんだろうし、なんだか様子も色々とおかしいし、また長官を追いかけて移動とかになったら大変だよね……もう負担かけたくないし、ここで今ちゃちゃっと渡してしまおう！）

老爺たちは一体何を迷っているのか、まだ同じ場所でまごまごしていた。

そういえばなぜ彼らは徒歩でうろついているのだろうと、ふと疑問が浮かぶ。街から戻ってきたところなら馬車か騎馬(きば)であるはずだろうに。しかもこの辺りは、森の中に切り拓かれた道からも離れた、道なき道である。まるで人目を忍んで移動しているようにも見受けられた。

どうも様子が不可解だったが、しかし彼らが森の奥に向かおうと足を踏み出したのでニコラは慌てて追いかける。この機は逃したくない。

「あ、あの！　お待ちくださいっ！」

ニコラが呼びかけると、ふたりは弾(はじ)かれたように勢いよくふりかえった。その顔には狼狽(ろうばい)のようなものが見え隠れしていた。

一目で異国の者とわかる人間がいきなり現れたことで驚かせてしまったのかもしれないと、ニコラは彼らのだいぶ手前で立ち止まり、さっと片膝(かたひざ)をついてみせる。

「急ぎの用がありまして、こんなところで失礼致(いた)しますっ！　ええっと、私はユマルーニュ王国の者でして……」

「というと、使節団の一員としていらしている御方(おかた)ですかな？」

老爺が落ち着いた声音(こわね)で応える。微笑(びしょう)を浮かべたその顔にもう先ほどの狼狽のような色はなかった。

「はいっ！　あの……王立保安軍の長官殿と、お見受けします、が……？」

「いかにも、儂がそうであるが」

ニコラはほっと息をつく。彼で間違いなかったのだ。呼び止めて良かったと胸をなでおろす。

「ユマルーニュ王国からのお客人が儂に何か御用ですかな？」

相対してみると長官はいかにも好々爺といったやわらかな顔つきをしていて、おまけにニコラよりも小柄な体格が猫背のせいでさらにちんまりとしていたため、ニコラはさほど緊張を覚えずに済んだ。何せニコラは使用人の高齢化が著しいミグラス家で暮らす令嬢であるので、お年寄りに対しては安心感を覚えるのだった。

「とある騎士に、こちらを長官殿へ渡すよう頼まれて参りました。彼も、えっと、もうじきやってくるかと」

「ふむ……？　短剣、ですかな」

ニコラが草の上にそっと置いた短剣を従者の若者が取りに来て、さっと長官に差し出す。

「ほう、見事な紅玉が嵌まっておる。これがいかがした？」

「そちらは柄の部分が二重に細工されている代物だそうで、外側の柄をひねって取り外すと、隠されている証書が現れるとのことです。その文面を長官殿に御覧になって頂きたいのだそうで……なんでもこの短剣はビビアナ・ベナトーラなる人物の持ち物だという話ですが……」

ビビアナの名を出した途端、長官たちは目を見開いた。ふたりは一瞬目配せを交わしたあと、短剣の細工の中から証書を取り出した。

真剣なまなざしでそこに記されている文面をゆっくりと確かめた長官は、やがてため息をついて、ひとつ深く頷いた。

「なるほどのう……よくぞ儂のもとへお持ちくだされた、ユマルーニュの客人殿。この短剣の持ち主は陛下の愛妾という立場でありながら王国を裏切り、ヴォス帝国と通じておったようじゃ……許され得ぬ大罪じゃな」

長官は証書を再び折りたたんで短剣の中に戻し、柄をしっかりと握った。

「あの、長官殿、それではその者は、その大罪できちんと厳罰に処されて、不穏な企てなどは金輪際できなくなる、ということですよね……？」

「うむ、この手の罪状は儂の預かる王立保安軍で取り調べられることになっておるからのう。間違いなく厳罰がくだされるであろうな……本来であれば」

長官は好々爺めいた顔に微笑を浮かべたまま、短剣を鞘から引き抜き、ぎらつく切っ先をニコラに突きつけてきた。

ニコラはぽかんと、短剣の切っ先を見つめる。

なぜそんなものを向けられているのか、わけがわからない。長官は短剣を構えたままじりじりと距離を詰めてくる。従者のほうもまた自身の剣を構えてニコラに向けてくる。

「笑いたければ笑うが良かろう、ユマルーニュの客人よ……重責を担う身でありながらこのような暴挙に出る儂はさぞ醜かろうて……しかし仕方がない！　儂はすっかりビビアナ・ベナトーラにのぼせ上がっておるのだから……！」

「ええっ⁉」

「陛下の所有物とわかっておりながらも儂はひそかに恋い焦がれてきた……幾度もその姿を目撃されておる森の中の廃屋周辺にまでひそかに通い詰め、一目会えぬかと思い惑う日々よ……」

「あっ、それで今もこんなところをこそこそうろついて……⁉　うわぁ……」

「しかしビビアナにはとんと邂逅できず……だが！　やっと、やっと儂にも運が回ってきたのじゃ！　このようなものが手に入るとはのう！」

爛々とした目つきの長官が短剣を構えて突進してくる。

ニコラは下草を蹴って駆けだした。逃げ足にだけは自信がある。しかも相手は軍のお偉方とはいえ相当なご老体。脚だってニコラのほうがずっと長いのだ。

が、長官は猛然と、執拗に追いかけてきた。従者の若者のほうはかなり引き離せたというのに、恐るべき足腰の老爺はなかなか引き離せない。

(寵姫の男殺しっぷりもさすがすぎるけど、あの長官のぎらつきっぷりも凄い……さすが情熱の国ガルフォッツォ王国……！)

戦慄しつつニコラは木々の中をめちゃくちゃに駆けずり回っていたが、気づけばいつのまにか森を飛び出しており、あの厩舎が目前だった。ひとけのあるそちらへ向かってニコラは懸命に駆ける。

が、焦りが出た。ニコラはつまずいて、地面に勢いよく倒れ伏した。

すぐに上体を起こしたものの手遅れだった。ふりむけば、息を切らした長官が満足げな表情を浮かべてニコラを見下ろしていた。

「これはビビアナが売国奴たる証、大罪人たる証……！　これがあれば儂はあの女を意のままにできるのじゃ」

　長官は手の中の短剣を空にかざして、うっとりと見つめた。それから視線をニコラに落として、短剣を構え直す。切っ先がぎらりと光る。

「そしてそれを知ったおぬしは邪魔な存在、消えてもらわねばのう……ビビアナに厳罰を喰らわせたいようじゃがそうはいかぬ、厳罰に処したりなどするものか！　売国奴であろうとどうでもいい！　ビビアナは儂の手元に置くのだ！　この証はビビアナを儂のものにするために使うのだ！」

こんなところで、まさかこんな異国の地で、自分の人生は、終わってしまうのか——為す術もなく窮地に瀕してニコラが思わず目をかたくつぶった、その時。

「誰がおまえのような老人のものになんて。冗談はよしてくださる？」

突然ふってわいた女の声に、ニコラは面食らった。長官もまた顔を驚きに歪めて、声のしたほうへ勢いよくふりむいた。

声の主は厩舎の入り口に腕組みをして立っていた。

不機嫌そうな顔をしたその女はまぎれもなく、寵姫ビビアナ・ベナトーラだった。

「びっ……おぬしっ、なにゆえここにおるのじゃ……！」

「というかおまえ、だあれ？　萎びた老人の分際でこのあたくしに懸想するなんてやめてくださるかしら、気持ち悪い」

心底気持ち悪そうに言われて長官は愕然とし、手にしていた短剣と鞘を地面にぽとりと落とした。素早く歩み寄ってきたビビアナがそれをすかさず拾い上げる。

取り戻した己の短剣をゆすって柄の中身のたてる音を確かめると、ビビアナは艶然と微笑んだ。

「ああ良かったこと、証書がなくてはヴォス帝国に約束を反故にされかねないもの！　取り戻せないままでもあたくしの色香でなんとでもできるけれど、あるのならあるに越したことはない……」

　短剣を鞘におさめて頬ずりしていたビビアナが、不意に目力の強い双眸で見下ろしてきて、ニコラはぴしりと固まった。さっきは助かったと思ったのに、救いの声だと思ったのに、全然そんなことはなかった。まだ普通に窮地の真っ只中だった。酷使した足はもはや動かず、立ち上がることもできない。

「あたくしに対して盗みを働くなんて良い度胸をしてるではないの。おまえ、どういうつもり？」

「そっ……それは……」

「どこかの手の者？　何が狙い？　この短剣のことをおまえは初めから知っていたのかしら？」

　問い詰めながらビビアナは、ニコラの顔を様々な角度からじろじろと見つめてくる。固まるばかりでニコラが何も答えられないでいるうちに、次第にビビアナの顔は、うっとりとしてきた。

「ああ、だけれどやはり極上の良い男なのよね……盗人でも、どこかの間者だとしても、うち捨てるにはあまりにも惜しすぎる……これほどの上玉にこの先そうそう出会えるとは思えない……」

　ぶつぶつと呟いていたビビアナはやがて大きく頷いて、満面の笑みを浮かべた。

「決めたわ。おまえは、あたくしの手元に置くことにしましょう」

「へ……」

「あたくしに盗みを働いた罪はあたくしに尽くすことで償うように。このあたくしの側にいられるなんて光栄でしょう？　さあ、ダリオ！」

ビビアナが厩舎のほうに向かって強く呼びかけると、奥から一台の箱馬車が飛び出してきた。

御者台に座っているのは、控えの間で襲いかかってきてルーナに返り討ちにされて歯を吹っ飛ばされていた、あの男だった。

ダリオと呼ばれた彼は、ニコラに気づくなり、あっと叫んだ。

「ビビアナ様！　こいつ、短剣を盗んだ例の……⁉」

「それはもうあたくしの手元に戻ってきたのよ。役立たずのおまえがもたもたと奪還できないでいるうちにね。さあダリオ、彼を乗せて。連れて行くことにしたわ」

「ええっ、ビビアナ様⁉　どうして……！」

「早くなさい。別におまえが御者でなくともあたくしは一向にかまわなくってよ？」

ダリオは悔しげに顔を歪ませながらも御者台から飛び降りて来て、ニコラの腕を強く引っ張った。

「えっ、何、えっ⁉　ちょっ……」

ニコラはそのまま箱馬車の中に押し込まれそうになる。何が起こっているのかわけがわからず、それでもがむしゃらに逃れようとするが、ダリオとビビアナのふたりがかりで強引に中に押し込まれてとうとう抵抗はかなわなかった。

　そして馬車は走りだしてしまった。

　窓の向こうを流れていく景色は夕暮れに染まりつつあった。

　すでにどれくらいの時が経ってしまったのか、ニコラにはもうわからない。

　あの厩舎を発って、森の中の道を駆け抜けて北門を抜けて王宮の敷地内から飛び出して、それからずっと、見知らぬ街道を走っている。

（落ち着け、落ち着け私、大丈夫、まだなんとかなる……）

　ニコラは馬車の中でひたすら自分に言い聞かせ続けていた。とんでもない状況に置かれているわけだが、朝からずっととんでもない状況続きなので何かが麻痺してしまっているのか、そこまで狼狽はしないでいられた。

　それに今ニコラは武器を持っているのだ。懐に、眠り薬がある。物置小屋でルーナが護身用にと手渡してくれていた、強烈な眠り薬が。

　なんとかこれを使ってこの窮地から逃れられないかと、ニコラは隙を狙っていた。

向かい側に腰掛けているビビアナの様子をそっと窺う。彼女は終始、上機嫌だった。

「ご存じ？　ヴォス帝国には宝石の一大産地があるの。あれだけ広大な国土ですものね」

短剣をかかげたビビアナは、うっとりと紅玉を見つめている。

「向こうではもっと贅沢に暮らせるわ。おまえにもあたくしの手元で贅沢暮らしをさせてあげましょう。勿論躾もちゃんと施してあげる、二度とあたくしに逆らう気など起きないようにね。ああ、到着が待ち遠しいこと！」

この馬車は、ヴォス帝国と接する国境へ向かって走っているらしい。ビビアナはどうやら、自国を捨てて、密通相手であるヴォス帝国へと住み処を変えるつもりらしかった。

なぜ今、彼女がこんな行動を起こしているのかニコラにはわからなかったが、何にせよ、そんなところへ共に連れて行かれるわけにはいかなかった。ニコラはヴォス帝国のことはほとんど知らないし、言語もさっぱりだった。どうにかガルフォッツォ王国内にいるうちに逃れ出なければならない。

向かいに座るビビアナと、御者台のダリオを、眠り薬で昏倒させて逃げて、それから街道沿いの乗合馬車か何かをつかまえれば……そう思案するのだが、しかし元々この眠り薬はビビアナの持ち物なのである。下手に眼前に瓶を取り出したりしたら、気づかれて警戒されるだろう。隙を見て嗅がせるのもなかなか難しそうだった。

「ビビアナ様ぁ、そろそろ馬の限界が近そうなのですが、どう致しましょう」

開けた窓から、御者台のダリオの大声が入ってくる。

「いちいちあたくしに聞かないでおまえがなんとかなさいダリオ。本当に役立たずな男だこと……他のを連れてくるのだったわ」

ビビアナに辛辣に返されて、ダリオはそれきり口を噤んだ。

ニコラの位置からは、御者台にいる彼の姿が窓からちらちらと見えた。その白い騎士服が目に入るたび、どうしても、ルーナのことが思い出された。思い起こすたび、胸がしめつけられた。

空っぽの物置小屋に帰ってきて、彼はどう思っただろう。疲れているところに余計な心労をかけてしまっていることだろう。下手な行動を起こしたことが悔やまれて、ニコラは唇を噛んだ。

「それにしてもおまえは宝石のひとつもつけないで、飾り気がないこと。ヴォス帝国に着いたらあたくしが似合いの宝飾品を見繕ってあげましょう」

ビビアナがニコラをしげしげと見つめながら、楽しげに笑いをもらす。

「遠慮は無用よ。帝国のために立ち働いてきた見返りにあたくしは莫大な富を約束されているのですもの。領地に、邸に、勿論金銀財宝もよ」

「さ、さようですか……」

やたらとご機嫌な様子のビビアナの前で顔を引きつらせつつ、ニコラは不思議に思う。

（でも、どうしてなんだろうな……この人、まだ王女殿下の婚姻妨害の任務も達成できてないのに、どうしてこっちを離れてもうヴォス帝国へ……？　その任務自体が立ち消えになった、とかだといいんだけど……）

首をひねるニコラをよそに、ビビアナは微笑みをたたえて窓外を見やる。

「あちらでの新生活が本当に待ち遠しい……この国で痩せぎす国王の寵姫の座にのぼりつめて、あたくしもいっときは満足していたけれどまだまだそこは頂点などではなかった。ヴォス帝国から謀への協力を持ちかけられて、さらに上へ行く機会をあたくしは得た！　帝国はガルフォッツォ以上の大国……こちらで寵姫の座に甘んじているより向こうでさらなる栄達を目指して今まで以上の贅沢を味わわなくては」

深紅のドレス姿のビビアナは、窓から射し込む夕暮れの色を受けて、より一層ギラギラと輝いていた。ニコラは気圧されて、身を縮こまらせる。

（この国での贅沢三昧も充分凄い規模だっただろうに、まだ欲しいんだなぁ……自国を売ってまで……）

鼻息の荒いビビアナは身を乗り出して言葉を続ける。

「そう、見返りはたんまり頂かないと、何のためにこれまで色々と面倒な働きをさせられてきたかわからないわ。もっとも、今回の、王太子の婚姻妨害の仕事は存外楽しかったのだけれど。生まれながら高貴な者の幸せを壊す愉悦といったら、何物にも代えがたいわよね」

艶然と微笑むビビアナに、ニコラは顔を引きつらせることしかできない。

「ユマルーニュへ運ばれる贈答品の破壊や小細工は至福だった……あたくし自ら出向いて工作を施したくらいよ。あとは……ユマルーニュから人をさらわせて来たのも面白みのある大仕事だった。王女の恋人らしき男を船に乗せて連れてきたのよ、凄いでしょう？」

ニコラはぎくりとする。それはまぎれもなく自分の身に起きたことだ。心持ち顔を隠すように背けながらニコラは息をひそめた。

「婚姻間近の王女がこっそり飼っているとかいう男なんて、いい手駒にできそうでしょう？　それにしても王女に囲われるなんて相当良い男だったのかしら……森の隠れ家でよく顔を見ておくのだったわ。もはや用済みの手駒になったから放置していたけれど、捨てるには惜しい上玉だったのかも……ああ、今さら惜しくなってきたわ！」

「あ、あのう……用済みの手駒って、どういう……？」

何やら惜しがっているビビアナに、ニコラは思わず聞かずにはいられなかった。無理やりさらってくるなどという蛮行を働いておいて、そのあげく用済み扱いするというのは、なんとも不可解な話だった。

ビビアナは得意げに笑って肩をすくめてみせる。

「用済みは用済みよ。もう婚姻妨害のための手駒なんて要らないのですもの。それはもう達成されているのだから」

　ニコラは一瞬ぽかんと呆けた。

「え……え……？　……達成、され、た……？」

「そんなに驚いてどうしたというの？　ええ、件の婚姻妨害はすでに達成されているわ、当然のことでしょう？　でなければこうして帝国へ向かう馬車の中になどいるわけがないのだから。役割を果たし終えたからこそ、あたくしは今、晴れてこの国を出ようとしているのですもの」

　くすくすとビビアナは笑い声をこぼす。

「小細工や人さらいの実行と並行して、あたくしはずっと地道にあの痩せぎす国王に進言してきたのよ、このたびの婚姻は不吉だと。あの信心深い国王は水を司る神を持ち出されると大層弱いから……そこをついて、最近の不作や田舎の流行り病なんかの凶事の数々を神意と結びつけて、婚姻が不吉だという方向へ導いたの。婚姻の取り止めこそがガルフォッツォ王国のため……そう囁き続けてきて、ようやく実ったのよ、ついさっき！　ああ、そういえばおまえもいたではないの、その場に」

「え……」

「ふふっ、あのときは驚かされたものよ。婚姻取り止めを決断したとあの国王があたくしに告げた直後、おまえが木の上から落ちてきたのだから」

言われてニコラは呆然と思い出す。噴水の中庭で、木の上にひそんで盗み聞いた、ビビアナと国王のひそやかな会話。あのときに、まさかそんな決定がなされていただなんて。

「今夜の儀式で正式に婚姻中止は確定するのよ。雨乞いの祈祷のあとに、国王は水を司る神に向けて、王国の重大事項を報せる運びになっている……そこで、王太子の婚姻中止についても報される。神に向けてひとたび奏上された言葉はもう覆されることはないわ。その奏上さえ行われれば婚姻は無事に潰れてくれる！　ようやくだわ、今夜やっと、あたくしの役目は果たされる……いいえ、すでに果たされたも同然ね。見届けるまでもない」

ニコラの中に、一気に焦りが広がる。

（早く王宮に戻らないと……！　儀式を、奏上をどうにか止めなくちゃ……まだ夜までには間がある）

隙を見てビビアナたちに眠り薬を嗅がせようなどと悠長なことを考えている暇はない、強引にでも決行しなくてはならない。

ニコラは懐から小瓶を取り出そうとしたが、その直前、馬車が大きく揺れて急停止した。体勢を大きく崩したビビアナが、キッと窓外を睨み付ける。

「ダリオ！　おまえは馬もまともに扱えないのね、なんて役立たずなの！」

「ぬかるみに嵌まってしまいまして、すみませんビビアナ様！　これは抜け出すまでに時間が……」

「早くなさい！　あたくしは早く帝国領に入りたいのだから！」

「でも僕ひとりじゃこれは……」

「あたくしのためにならなんでもすると言ったのはおまえでしょう！　だからこうして供をさせてやっているというのに！　なんて愚図なのかしらっ！」

　ビビアナは腰を浮かせて窓から大きく身を乗り出し、御者台のダリオを役立たず役立たずと罵りはじめる。

　そこでニコラは初めて気づいた。ビビアナの座していた椅子は、椅子の形をした収納庫であるらしい。急停止した際に蓋がずれたようで、薄暗い内部がちらと見えた。

　何やら色々と詰め込まれている。その中に布地のようなものが見えたので、ニコラは手をのばした。眠り薬を染みこませてビビアナの口をふさぐのに使えると考えたのだ。

　が、その何かを包んでいるらしき上質な布を取り出してみて、ニコラは目を見開いた。

　そこには見事な刺繍が施されていたのである。白薔薇と白百合と蔦が組み合わさった優美な意匠の刺繍が。

「紋章……ユマルーニュの王家の……！　えっ、なんでこんなものがここに……!?」

　驚いているニコラの声に、ビビアナがふりむく。

「なぜって、この馬車はユマルーニュ王国から来たのですもの」

「えっ！」

「これはユマルーニュからはるばるやってきて、先ほどあの厩舎に到着したばかりだった馬車。それをあたくしが強奪したの」

「ええっ、強奪って！」

「だってこれは、婚姻に際して王家同士が交わしあう贈答品を積んだ馬車ですもの。もう要らないものでしょう？　婚姻はなくなるんですものねぇ」

　くすくすと愉快げに笑って、ビビアナは収納庫の蓋を取り外す。

「だからあたくしが頂いてあげるの。まあ宝石の産地もないユマルーニュからの贈答品なんて大したものはなさそうだけれど……あら、まあっ、装飾品の細工はなかなかのものではないの！　あら、あらあらあら……！」

　ビビアナは俄然目を輝かせて、収納庫の中の箱やら袋やらの中身をごそごそと検分しはじめる。

「あらぁ指輪の意匠もなかなかの緻密さではないの。この青いのなんておまえに合いそうではなくて？」

「え、いや別に私は要らな……」

「あたくしから差し上げるわ。ありがたく受け取りなさい」

　ビビアナが強引に青い宝石付きの指輪をニコラの指にぐいぐい嵌めてくる。自国からやってきたというそれをニコラはしばし複雑な思いで見つめていたが、はたと我に返って、紋章入りの布包みのほうを急いでほどく。のんびりしている場合ではなかった。

(この布に、こっそりと眠り薬を……！　ユマルーニュの王家が用意した紋章入りの布を攻撃のために使うってちょっと恐れ多い感じだけども！　でも王女殿下のためなんだし、いいよね⁉)

包みをほどいて出てきたのは小さめの額縁が数点だった。アリアンヌ王女の肖像画だ。婚姻に際して取り交わされる贈答品ということで、新郎宛てに、新婦たる王女が描かれたものをたくさん贈ったりするものなのだろう。

ニコラが必要なのは布だけなので、肖像画のほうはまとめて収納庫のほうへ戻そうとしたところ、そのうちの一点がごとりと床に落ちてしまった。

ニコラは慌てて拾い上げる。王女の肖像画を落っことしてしまうだなんて不敬も甚だしい。

が、拾い上げたそれに描かれたものを目にしたニコラは、再びそれを取り落としそうになった。

「……え……？」

自分の目が何を見ているのか、ニコラはよくわからなかった。

その肖像画には、ふたりの人物の姿が描かれていた。

絵の中で、アリアンヌ王女の隣にいるその人に、ニコラの目は釘付けになる。

「ルーナ、さん……？」

その漆黒の髪、漆黒の双眸、たくましい体軀に、褐色の肌に、ニコラのよく知る明るい笑顔──間違いなく、あのルーナが、絵の中にいた。

どうして、と知らず知らずのうちに呟いていた。ユマルーニュ王国の王女が、どうして、ガルフォッツォ王国の騎士と、並んで絵の中におさまっているのか。

どくん、と心臓がざわめく。

この国のただの一騎士である人が、ユマルーニュの王女と共に、肖像画に描かれるわけがない。つまり彼は、ただの一騎士などではない──

ニコラはこの絵が何を意味しているのかを、これ以上考えたくなかった。しかし目は絵に釘付けにされて、どうしてもひきはがせない。

絵の中の王女は、ひどく緊張した面持ちで、俯き加減で、今にもばったり失神でもしてしまいそうな有様に見えた。

まさしくそんな状態になったときのことを、王女はつい先日、話してくれていた。緊張のあまりひたすら俯きっぱなしでしまいにはばったりと失神してしまったのだと、王女はそう話していた──婚約者である王太子との顔合わせのときに、そんな有様だったのだ、と。

「ルーナさん、が……？」

彼の声が脳裏に浮かび上がってくる。

——王国の、忠臣だよ。王国のため身を粉にして働いてる立場……

——王国を背負う身だからね……

それはまさしく、王太子という立場にある人にふさわしい発言に思えた。

——ニコラはほんとに王女贔屓だね。彼女、どんな人なの？

彼は、興味深そうに、王女のことを聞いてきていた。

それに、今にして思えば、彼は自分の名も濁した感じで口にしていた気がする。騎士だというのも彼が自ら名乗ったわけではなかった。

本名や素性を彼は伏せていたのだ、初めて会ったばかりの得体の知れない異国人に対して。それも当然だろう。王太子という重要な立場にある人ならば。

思い出されてくるすべてが、明らかに示している。

ルーナが、ガルフォッツォ王国の王太子であることを。

（ああ、そっか……それで、あんなに、頑張って……）

ルーナは睡眠もとらずに駆けずり回って、婚姻潰しを阻止するために頑張っていた。それもそのはずだ。彼は当事者なのだから。彼は自分の婚姻を守るために奮闘していたのだ。

ニコラは頭の芯がじんわりと麻痺していくのを感じながら、ふるえる手で肖像画を抱え直して、じっと視線を注いだ。この肖像画は、初めて顔合わせした際のふたりが描かれたものなのだろう。記念のそれが贈答品として新郎のもとに贈られてきて、今、ここにあるのだろう。

絵の中の笑顔が、王女の隣で笑む彼の姿が、ニコラの胸をきつくしめつけていた。痛む理由がニコラにはわからなかった。

すべてから逃れるように、ニコラはかたく目をつぶる。もう何も考えたくない。そう思うのに、頭はおのずと彼のことを考えている。

ルーナは、アリアンヌ王女と結ばれる人だった。

その事実がニコラの頭の中を占拠して重たく居座っている。

第5章　初恋はそれでもきらめく

ルーナは街道を馬で駆けていた。

馬上で剣を抜き放ち、襲い来る敵を退けつつ、馬脚で蹴散らしつつ、ひたすら駆けていた。

ルーナは気が逸っていた。

独りごちながらルーナは、空っぽの物置小屋を目の当たりにしたときのひやりとした心地を思い起こして、さらに馬を急がせる。

「あの子は本当によくよく変な手合いに連れてかれる……」

商人との交渉で果物を山ほど入手して戻ってみれば、物置小屋からニコラが短剣もろとも消えていた。あのときには肝が冷えた。厩舎の前で、何やら憤慨したような様子の王立保安軍長官が従者に対して大声で色々と当たり散らしていた内容から察するに、ニコラは寵姫ビビアナとその手下らしき男に無理やり馬車で連れ去られたらしかった。すぐさま手近の馬に飛び乗って追ったはいいが、なかなか追いつけないでいるうちに、すでに空は夕暮れに染まりはじめている。

方向はあっているはずだ。深紅のドレス姿のやたら派手な女が箱馬車から身を乗り出して怒鳴り散らしていたという目撃情報がたびたび得られている。ヴォス帝国との国境に向かっているのは明らかだった。越えられると面倒なことになる、早く追いついてニコラの身柄を取り返したいのだが、未だそれらしき影は前方に見えてこない。

本来ならば三人乗りの馬車になんてすぐ追いつけるはずなのだが、しかし黄昏時の街道沿いには賊が出る。ルーナは軽装であるのにも拘わらず物盗りからしたら魅力的な獲物に見えるようで、何度も襲撃を受けた。おかげでたびたび足止めを喰らい、馬車の追跡に支障をきたしていた。

左手で馬を操りながら右手の剣で賊を軒並み薙ぎ払い、幾度目かの襲撃を退けたルーナは、背中にくくりつけた革袋から水の瓶を取り出して一気にあおった。

剣の訓練を受けているわけでもない賊など、ルーナにとってはどうということもない相手である。しかし今、いつもよりも微妙に手こずっているという自覚があった。焦りが腕を鈍らせているようだった。早く追いつかなければ、ニコラの乗る馬車が賊らに襲撃されないとも限らない。それでなくとも、寵姫ビビアナとその手下がニコラに更なる害をなすかもしれない。日が傾いていくにつれて、焦りはじわじわと募っていく。

「最初から断っていればな……」

ルーナは悔やんでいた。同行させてほしいと初めにニコラから頼まれたとき、ちゃんと断るべきだったのだ。ニコラのよくわからない頼み事など聞き入れず、安全な宿屋に早く匿うべきだったのだ。そうしていたらニコラをこんな危険な目にさらさずにすんだというのに。

「俺の事情に、巻き込んだ……」

ルーナは再び馬を急がせて、先を急ぐ。

ニコラは無事にユマルーニュ王国に帰してやらなければならない。それは自分の義務だった。

「帰国したら……婿を取るんだったたな……」

ニコラがルーナに同行して何やら色々と一生懸命に取り組んでいるのは、婿という褒美を得るためなのだと、本人が言っていた。

それを聞いたときにひどく動揺した自分を思い出して、ルーナは思わず苦笑する。

なぜ自分はあんなに動揺などしたのだろう。今日初めて会ったばかりの女の子が帰国後にどこぞの男と結ばれるからといって何だというのか。そんなことは別に自分には何ら関わりのない、どうでもいいことのはずなのに。

その上、あの動揺が尾を引いたのか、さらに妙な行動にまで出てしまった。なぜ、衝動的にキスなどしたのだろう。力任せに抱きすくめたりしたのだろう。

甚だ自分らしくないふるまいだった。体が勝手に動いていたのだ。込み上げてくる何かに押し流されていた。

――ルーナさんがいてくれて良かった……

ニコラの熱のこもった声がふっとよみがえって、ルーナの胸の底をくすぐった。

あのとき、あんな他愛もない言葉で、どこにでもあるような言葉で、自分は突き動かされたのだろうか。存在を肯定してくれる言葉が、この渇いた心身にはそれほどまでに深く染み入ってしまったということだろうか。それともニコラのあのやたらと一生懸命で熱心な口ぶりに、あの熱に、変に感化でもされてしまったのだろうか。

「それだけで自分を制御できなくなるとは、本当に俺らしくもない……」

自嘲するようにルーナは首を横にふり、気持ちを切り替えて街道の前方に集中しようとする。

しかし、頭は勝手に次々と様々な記憶をよみがえらせてしまう。

大広間の舞踏会で、どうしてなのか彼女はひどく自信なげに身を縮めていた。にぎった手はかすかにふるえていた。強ばっていた顔は、しかし次第に上気していき、生き生きと輝いていった。彼女の楽しげに踊る様を見たあのとき、誰かと踊っているのが楽しいと初めて心から思えたような気がする。このダンスが好きだとまっすぐに言ってくれたときの笑顔を思い出すと、胸が衝かれた。

また共に踊りたいとルーナは不意に思った。楽の音にのって、彼女をくるくると舞わせて、腕の中に彼女の熱い全身をおさめて、やわらかな唇にまた触れたいと、突き動かされるように思った。

「俺はどうかしてるな本当に……」

自分で自分に苦笑するしかない。頭を冷やしたつもりだったがまだ足りないらしい。

こんなことではいけないのだ。自分の置かれている厄介な立場をきちんと自覚し、自分を制御しなくてはならない。甘い気分にのんきに浸っていていい立場ではないのだ。今は婚姻妨害を阻止することを第一に考えて頑張らねばならないときなのだ。そう、自分の未来のために。

・

歯を食いしばって、ルーナは夕暮れに染まる街道の先を見据えた。

はるか前方に、たくさんの麻袋を積んだ荷馬車が複数の騎馬に追われているような光景が見えた。行商人が賊に狙われているらしい。

ルーナは馬を急がせた。賊を相手に剣をふるうことで、この甘ったるい物思いが晴れればいいと願いながら。

ニコラは動けない。

馬車の中、脱力しきったようにだらりと座り込んだまま、立ち上がれないでいる。

（ここから逃げ出す絶好の機会なのに……）

かすみがかった頭でぼんやりと思う。

街道沿いの大きな宿屋に立ち寄ったところだった。ここで馬をつけかえて先を急ぎたいというビビアナと、もう日が暮れるのでここで一晩滞在すべきだというダリオが、先ほどから馬車の外で激しく言い争い続けている。

だからニコラは馬車の中でひとりだった。騒ぎ続けているビビアナたちは、馬車置き場にやって来る他の客たちに取り囲まれて囃し立てられており、ニコラに注意を向けてはいない。

ニコラはここから抜け出そうと思えば簡単に抜け出せそうだった。しかし、立ち上がれないでいる。

（どうして動かないんだろう、この足は）

今すぐに王宮に戻らなければいけないのに。神殿で行われる儀式が始まる前に急ぎ戻って、国王による婚姻取り止めの奏上を止めなければ、件の婚姻は潰れてしまうのに。

潰れてしまったら、ニコラは婿という褒美を得られなくなる。ずっと見つけられずに苦労してきた婿を今ようやく手に入れられるか入れられないかの瀬戸際に立っているというのに、どうしてなのか、この体は動こうとしない。

(私、今……)

ニコラは不意に、自分の婿のことなどもはや考えられなくなっている己に気づいた。それが得られなくてもかまわない、それを引き換えにしてでも叶えたい暗い望みが芽生えていることに、ニコラは気づいてしまった。

(私……潰れてしまえばいいと思ってる……)

アリアンヌ王女の、ガルフォッツォの王太子との婚姻——ルーナとの婚姻が、このままなくなってしまえばいいのに。そんなふうに思っている己を自覚して、ニコラは愕然とした。己の心のうちの暗がりに巣くう、その信じがたい望みを呆然と見つめているうちに、ニコラの中には次第に、理解が広がっていった。

(私は、嫌なんだ……ルーナさんが誰かと結ばれることが……私、ルーナさんのことが、好きなんだ……)

いつからか、好きになってしまっていた。今日初めて会った人なのに、こんなにも。

自分は恋などというものとは無縁だったのに。これからもずっと無縁だと思っていたのに。

無縁のままでいたかった。こんなにも醜い感情が自分の中に生まれるくらいなら。こんな自分など知りたくなかった。

アリアンヌ王女がとても素敵な姫君だということをよく知っている。王女が婚姻に向けて日々頑張っていたことをよく知っている。ルーナが婚姻を潰させまいと頑張ってきたこともよく知っている。あの婚姻が潰れたところで自分が彼を得られるわけでもないこともよくわかっている。それでも醜い望みを抱いてしまう自分がいる。

恋など、知らなければ良かった。

ニコラは膝の上の手を爪が食い込むほどにぎりしめて、深く深く顔を俯けた。

「なんだよおまえ、ずっとそこにいたのかよ？　とっととどっかに消えててくれれば良かったのに」

気がつくと馬車の扉は開かれていて、不機嫌顔のダリオがじろりと睨み付けてきていた。

「馬をつけかえ終えたらすぐ発つんだってさ。まったく、あの人はちっとも僕の言うことなんて聞きやしないんだから……夜道で賊が出ても知らないぞ僕は……」

ぶつくさ言いながら乗り込んできたダリオは向かい側にどすんと座り、疲れたようにため息をついた。

「急いで発つのよとか言ったくせにその数秒後にはそこらへんの男つかまえて酒場に連れ立ってくし……ちょっと好みの男を見つけたからって……おい、おまえもちょっと気に入られたからって安泰じゃないんだからな⁉　僕より序列は下なんだからな！　僕のほうがビビアナ様に頼りにされてるんだからな！　ああもう帰りが遅いなクソッ……どうせまた他の男引っかけてる……」

ビビアナが不在なのをいいことに、ダリオの愚痴がぶつくさぶつくさ止まらない。しかしそんなにも不満ばかりなのに、あれだけ役立たず役立たずと罵られっぱなしなのに、ビビアナを恋い慕う気持ちに変わりはないらしい。彼女の命令に従ったばかりに歯まで数本失ったというのに。

やはり恋などというものは碌なものではないのだと、ニコラは苦く思った。

ダリオのみならず、あの老爺だってそうだ。お偉い長官の地位にありながら、自分が取り締まるべきビビアナの罪に目をつぶり、しかもそれを悪用して自分の利にしようとしていた。恋心なんかのせいでおかしくなったのだろう。お針子のリリにしたって、人目もはばからず幼子みたいに大泣きしていたのは、恋に翻弄されたせいだった。

そんなもののせいで皆おかしくなる、愚かになる、ニコラも然り。

恋などしたくなかった。彼に出会わなければ良かった。ニコラはそう思わずにはいられなかった。

「ああもうっ、遅い！　どこで何やってるんだよあの人は！」

たまりかねたように叫んだダリオが、猛然と立ち上がった。彼が叩きつけるような勢いで扉を開け放して出て行ったその振動で、ニコラは体勢を崩し、上体が向かい側にぐらりと倒れ込んでしまう。

のろのろと体を戻しながらふと視線を落とすと、床に小瓶が転がっていた。懐に入れていた眠り薬だった。ちくちくとした罪悪感を覚えながらも小瓶を再びしまいこんだニコラだったが、もうひとつ床に落ちているものを目にして、はたと思い出す。

「これはリリさんの……」

お針子のリリが書いた手紙だった。彼女が幼子みたいに大泣きしていた原因である恋人への、別れの手紙。お針子部屋で彼女が熱心に書いていたものだ。ニコラは支度部屋で着替えていた際にこれを拾い、しかし返しそびれていたのだった。

折りたたまれた手紙がふやけたように波打っているのに気づいて、ニコラはぎくりとする。

「噴水に落ちたときに濡れちゃったのか……」

ほとんど乾いているようだったが、中は無事だろうかと心配になってニコラは反射的に開いていた。

手紙の文面は読めないほどではなかったものの、可愛らしい小さな文字はところどころがやはり滲んでしまっており、リリに対して申し訳ない気持ちになる。

「どうしよう、謝らなくちゃ……リリさん、あんなに熱心に書いてたのに……」

ぼやけた黒い文字をたどりながら、ニコラは知らず知らずのうちに、リリの手紙の中に引き込まれていった。

――あたしの初めての恋人へ

これはさよならの手紙よ。あたしから別れを切り出すなんて思ってもみなかったでしょう？　あなたに好きな人ができたこと、とっくに気づいてたけど、やっと決心がついたの。あなたに言ってやりたい恨み言は山ほどあったけど、もう別れるって決めたらぜんぶどうでもよくなってきてしまったわ。今となってはね、悔しいけど、感謝の念が浮かんできてしまうの。しがないお針子のあたしが素敵な騎士といっときだけでも恋人同士になれて、嬉しかった。素敵な思い出だけをあたしは覚えておくことにします。あなたのおかげで感じられたきらきらした気持ちが、あたしの中にはいっぱい残っています。

あなたがあなたの好きな人と幸せになることを、いつか願えるようになれたらいいなと思うわ。あなたに他に好きな人ができた頃くらいから、なんだかあなたは口が悪くなって態度も荒れだしたから、辛い恋なのかしらと少しだけ心配だけどね。

今までありがとう。そしてさようなら。元気でいてね。

――リリより

ニコラは食い入るように、別れの文面を見つめていた。

リリは、あんなに大泣きするほど傷ついていたのに、恋人にかなり酷い仕打ちも受けたようだったのに、それを責めるでもなく、感謝をしたためていた。不実な恋人の未来の幸せまで願いたいと言っている。ニコラは胸打たれた。

「素敵な思い出だけを、あたしは覚えておくことにします……あなたのおかげで感じられた、きらきらした気持ちが、あたしの中には……いっぱい残って……」

文面を繰り返したどりながら、ニコラは無意識のうちに、声に出して読んでいた。リリの言うきらきらした気持ちというのがどういうものなのか、ニコラにもよくわかった。痛いほどよくわかった。

似合うよと、可愛いと言ってくれたときに、込み上げてきたもの。彼の腕の中におさまったときのくすぐったさ。君といると楽しいと言われたときに胸がいっぱいになったあの感覚。

不安を和らげてくれる明るい笑顔を見たときにも、肌も心も焼け焦げそうになるまっすぐなまなざしで見つめられたときにも、とろけるような甘い心地をくれる彼の体温を感じたときにも、いつも体の中にはきらめきが生まれていた。あのきらびやかな大広間よりももっともっときらめく気持ちを、一生の思い出を、彼にもらった。

たった一日一緒に居ただけだったのに、一生忘れられないようなものたちがニコラの中にもたくさん残って、今もきらきらと瞬いている。

かけがえのないものだと思った。それが胸にあれば、この先、帰国したあとの自分は、背筋を伸ばして歩いて行ける気がした。彼と二度と交わることのない道でも。

恋なんて碌なものじゃないと一度は思ったけれど、やっぱり、恋を知れて良かった。彼と出会えて、彼に恋をして、良かった。ニコラは心の底から、そう思えた。

「私、戻らなくちゃ……！」

彼がくれた恋心は、きれいなものであり続けてほしいと、ニコラは強く思った。

このまま、醜い望みを抱えたまま何もせずに彼の婚姻が潰れてしまったら、この胸にあるきらめきが翳ってしまうような気がした。この恋心が醜く歪んでしまう気がした。それは嫌だった。

一度はしまいこんだ眠り薬を、ニコラは懐からもう一度取り出す。

（急いで戻って、儀式での国王の奏上を止めないと！　よしっ、まずはダリオのほうにこれを嗅がせて、それからビビアナが帰ってきたところで後ろからサッと……！）

小瓶をにぎってそう算段しているところにダリオがまた不機嫌丸出しの顔で戻ってきて、向かい側にどっかりと座る。

「やっぱり一晩泊まることにしたわ、だってさ！　あの人の気まぐれにはいい加減うんざりだよ僕もっ、クソッ……んん？」

ダリオがふと怪訝そうに首を傾げて、ニコラのほうに身を乗り出してくる。手の中に隠し持っている小瓶に気づかれたかもと、ニコラはごくりと唾をのむ。

しかしダリオの視線は、小瓶をにぎりしめたほうではなく、リリの手紙を持っているほうの手に向けられていた。

「ダリオへ……って、僕宛て……？　これは確かリリの字……」

「えっ⁉」

ニコラは仰天して、手紙をひっくり返して表のほうを確かめてみる。すると確かに、若干滲んだ文字で、ダリオへ、と小さく記されていた。

「うそっ、あなたがリリさんに暴言吐いてたっていう恋人⁉　確かにそんな感じ……！」

「なっ……というかなんでおまえが僕宛ての手紙を⁉」

ダリオはひったくるようにして手紙を奪うと、かじりつくようにして目を通しはじめた。

やがて彼の血走った目からぼろぼろっと涙がこぼれだしてきて、ニコラはぎょっとした。

「リリ……ううっ、僕のリリ……！　なんて優しいんだろうあの子は……！」

ダリオは嗚咽しながら文面を繰り返し繰り返したどっている。

「リリ、君は泣きながらこれを書いたんだね、こんなに文字が滲むほど……やはり僕にはリリしかいない……役立たず役立たず罵る身勝手女より、健気で優しいリリのほうがいい！」

「はあっ⁉　今さら何言ってんですかあんたは！」

ニコラは思わず頭に血がのぼって、ダリオに詰め寄っていた。

「今さら虫のいいことを！　さんざんリリさんに暴言吐いておいて！　女としての魅力な

いとか全然可愛くないとか言っといて！　可愛いでしょうが！　どこに目つけてんの！」

「だ、だって！　あのビビアナ様と比べたらそりゃそう思うだろう⁉」

「思いませんね！　私は断然リリさん派ですから！　リリさんめっちゃ可愛いですから！」

「なっ……！　お、おまえリリとどういう関係だ……⁉」

「あなたにそれ関係あります⁉　あなた今その手紙ですっぱりふられたんでしょ！」

　ぐっと呻いてうなだれたダリオは、やがて顔をあげるなりニコラを睨み付けてきた。

「おまえなんかに……リリは渡さないからな……！　僕はもう一度リリとやり直すんだ！」

　勢いよく扉を開け放ったダリオはすぐさま御者台に飛び乗った。そして馬車が走りだす。

「えっ、ちょっ……発つの⁉　もうじき日が落ちて走るの無理なんじゃ……」

「うるさい黙れ！　僕は今すぐリリのもとへ帰るんだ！　無理なもんかっ！」

　僕は役立たずじゃないぞおっ！　と絶叫するようなダリオの声が御者台から流れてくる。

　そして馬車の背後からは、ビビアナの慌てふためいたような声が追いかけてきた。

「お待ちっ！　あたくしを置いておまえたち勝手な真似を！　待ちなさいったら……！」

　ビビアナの喚き声はぐんぐん遠ざかっていき、やがて背後からは、何も聞こえなくなった。

煌々とした満月が照らしてくれたおかげで、夜の森を駆け抜けることができた。

見覚えのある厩舎に着くなり、ニコラは転がり落ちるようにして馬車から飛び出して、御者台のダリオもかえりみずに駆けだした。

(まずはルーナさんを捜して……いや、そんな時間はない……！)

夜の王宮はまったく見ず知らずの場所のように見えたが、ニコラは迷わずまっしぐらに駆けた。厩舎から、薄闇に沈む薔薇園のほうへ。そのさらに向こうに、目指す神殿がある。

そこだけあかあかと篝火が灯されていたのですぐにわかった。

石造りの円形の神殿は、等間隔に並ぶ重厚な円柱によってぐるりと取り囲まれていた。

広々とした神殿内には神官たちが整然と並んでおり、神殿の周囲は大勢の観衆たちによって埋め尽くされていた。

(もう儀式は始まってる……！　どうしよう)

焦りながらもニコラは足を懸命に駆けさせる。円柱の合間合間に点々と配された篝火に照らされて、神殿の内外に集う誰もが厳粛な面持ちをしているのがわかった。みな、神殿の中央にじっと視線を注いでいる。

　近づくにつれて、その中央の様子がニコラにも見えてきた。そこには人ひとりが乗れる程度の狭い幅の、しかし高さのある壇が設えてあり、そこに痩せ細った体躯の国王が立っていた。

　風に長い黒髪をあおられながら、重厚な声音を張り上げて滔々と何かを述べ続けている国王の足元には、立派な水盤のようなものが据えられていた。ここは水を司る神の神殿らしいので、そこに張った水を神に見立ててでもいるのかもしれない。

（これは……雨を乞うための口上、のような……婚姻取り止めの奏上はまだ執り行われてない、よね……⁉）

　ようやく神殿の側までたどりついたニコラは、観衆の片隅に加わって、ひそかに息を整える。

（どうしよう、今のうちにどうにかして止めないと……でもどうやって……⁉）

　その時ニコラは、神殿の傍らに、すらりとした彫像が据えられているのに気づいた。

この場にふさわしい、水を司る神の全身像である。

（もう、これしかない……どうとでもなれ……！）

　ニコラは、国王の雨乞いの口上が一旦終了したと思しき切れ間が訪れたところで、思いっきり、腕をふりかぶった。その手の中に、ビビアナに強引に嵌められた青い石の指輪をにぎって、力いっぱい放り投げた。

小さな指輪は観衆の頭上も神官らの頭上も通り抜け、神殿の中央まで飛んでいった。そして国王の足元の水盤に着水したらしく、音高く水飛沫があがる。

突然跳ね上がった水にうろたえて国王は低く叫び、取り囲む神官たちも観衆たちもざわめきをあげる。

その中をニコラは猛然とかきわけて進み、神殿の真ん中に躍り出た。そして壇上の国王の前に立ち、すうっと息を吸い込んだ。

「私を呼んだは、そなたか——王冠を頂く者よ」

できる限りの気取った声音で、ニコラはまっすぐにそう言った。とんでもなくばくばくと騒がしい鼓動を必死で落ち着かせながら。

この手しか思いつけなかったのだ。寵姫ビビアナに溺れてその言を信じ切ってしまっている国王にとって、ビビアナ以上に重大な存在があるとすれば、それは水を司る神しかない。他でもないそのビビアナだって言っていたのだ、信心深い国王は水を司る神を持ち出されると大層弱い、と。

だからニコラは今ここで、水を司る神として、国王の前に立つことにしたのである。この国に来てから何度も何度もそれに似ていると言われてきたので、そこに賭けた。

足は当然ふるえ続けている。こんなのは正気の沙汰ではないだろう。無謀なことをしているという恐怖と、公衆の面前で自分は何をしているんだろうという羞恥でいっぱいで、ふるえは止まりそうもない。

しかし、ここは無理やり連れてこられた異国の地なのである。しかも色々と危険な目にも遭って手酷い衝撃まで味わって初めての恋まで知って、もはやニコラは限界のところまで来ているのである。

正気でなくて当たり前だ。何をしでかそうと、もはやこの際どうってことはない。こうなったらもうめちゃくちゃ好き勝手やってしまえ。そんなやけっぱちな境地で、ニコラは足をさらに一歩、どんと踏み出した。ふるえていてもかまうことはない。足元になんて篝火の明かりもきっと届かない。

「私を見下ろすとは、私の降らせる恵みを欲しておらぬと見える――この国がさらなる乾きに苦しむことをそなたは望むというのか」

ルーナの有無を言わさぬ笑みを頭に浮かべながら、それを真似てニコラも微笑んでみせた。彼の堂々とした佇まいや優雅さも意識して、人智を超えた存在であるかのようにふるまい、国王をじっと見据える。

国王は、終始戸惑っていた。周囲を取り囲んでいる神官たちや観衆も同様に、戸惑ったようにざわめいていた。

国王は畏れと猜疑を同じだけ目の中に浮かべてニコラを見下ろしていたが、ニコラがさらにもう一歩強く踏み出すと、おののいたように身を退き、高さのある壇からよろけるようにしておりた。

入れ替わるようにして、ニコラはその壇上に靴音高くのぼる。足元で水盤の水がゆらめいた。

「王による奏上をこの耳で直に聞き届けてやろう……と言いたいところだが」

ニコラは国王を無表情に見下ろして、すうっと指差してみせる。

「そなた、側に侍る悪しき女の甘言に惑わされての奏上を為そうとしておるな。やめておくが良かろう……その女はそなたの国に害を為す裏切り者ぞ！　その女が潰さんと画策せし婚姻は、この国に繁栄をもたらすものぞっ！」

ここぞとばかりにニコラが声を張り上げると、国王は激しく狼狽し、自らの裾を踏んづけてその場に尻餅をついた。

「お、王太子の婚姻のこと、か……？　しっ、しかしそれは不吉であると我がビビアナが申して……第一これまで水を司る神が降臨なされたことなど史上で一度も……やはりこのようなことが起こるわけは……」

へたりこんだままニコラを怖々と見上げてくる国王の目には、まだ猜疑が少なからず残っていた。

そのとき、不意に風が鋭く吹き付けた。

次いで、水飛沫が高々とあがった。

なぜか突然噴き上がった水盤の水はニコラの全身に思いっきりかかって、ニコラは思わず目をつぶる。

(な、何いきなり……!?)

戸惑いつつ目元を拭って目を開けたニコラは、へたりこんでいる国王の顔いっぱいに、畏れの色が充ち満ちているのに気づいた。

国王はみるみるうちに青ざめていき、ありえないものを目の当たりにしているかのような表情で、ニコラを凝視してくる。

「あ……?」

ニコラは己の周りをひらひらと羽ばたいているそれらにふと気づいて、目を見張った。

蝶だ。数匹の美しい蝶たちが、篝火の明かりを受ける大きな羽を艶めかしくゆらめかせながら、ニコラの全身を彩るように舞っていた。まるで、水を司る神を恋い慕ってその身にまとわりついてくる無数の蝶たちの神話のように。

国王が、がばりとその場で平伏する。ニコラに向かって。

それをきっかけに、神官たちや観衆のざわめきがぶわりと膨れ上がる。口々に、興奮したような声をあげだす。

「ほ、本物なのか……!?」

「だって見てみなよ！　神話で描かれてる姿そのまんまじゃないか！」

「おい、それより国の裏切り者の女って何だ!?」

「側に侍る悪しき女なんてあいつしかいねえだろ！」

「どこだ、ビビアナ・ベナトーラは！」

「あの女、王太子殿下の婚姻を潰そうとしてたってのかい!?　なんてことを……！」

「許しちゃおけないわ！　あたしの亭主もあいつに弄ばれておかしくなったのよ！」

「俺の連れもあいつに惑わされて人生むちゃくちゃにされた！」

「おぉい！　向こうにビビアナがいるってよ！　厩舎だ！」

「なんですって！　行くわよみんな！　許さないっ！」

「そうだ許せるものではない！　あんな女に力を与えていた国王もだ、あの男も罪深いぞ！」

えっ、とニコラは観衆の中から聞こえてきた声に反応する。

それは今日一日ですっかり耳に馴染んだ、なめらかな低音の声だった。

「そうよそうよ罪深いわ！　むざむざとあんな女の言いなりになってた国王も許せないわよ！」

「そうだそうだ、でれでれして甘やかしまくりやがって、あいつの責任も重い！」

「この国には立派な王太子殿下がいるんだ、あんな無能の色ボケはもういらねえよなぁ！」

観衆は誰もが興奮しきっていた。厩舎に向かおうとする者と、神殿であたふたしている国王のもとへ向かおうとする者と、国王を守ろうとする神官とで入り乱れて、神殿内外は混沌に包まれた。

ニコラは未だ蝶たちに取り巻かれたまま、慌てて壇上からおりて右往左往する。

その手を急につかむ者があった。捕まる、と反射的に思ってニコラは青ざめる。

が、ニコラの手をにぎったその人は、片目をつぶって悪戯っぽく笑ってみせた。

「ニコラ、こっち」

ルーナはニコラに顔を寄せてそう囁くと、どこからともなく取り出した大きなローブでニコラの全身をすっぽりと覆い隠してから、ニコラを引っ張って人混みの合間を器用にすり抜けはじめる。

「るっ、ルーナさ……」

「ちゃんと顔隠しててニコラ。君は目立ちすぎる」

己の手が汗ばんでいるのを恥ずかしく思いながらも、ニコラはすがりつくように、ルーナの手をにぎっていた。ルーナもまた強くにぎり返してきた。つながれた手と手の間に満ちる熱がどちらのものなのか、ニコラにはわからなかった。
口々にビビアナや国王への憤懣を叫び続けているガルフォッツォ人の群れの中には、おろおろ慌てているユマルーニュの使節団の人々もいて、そこにはニコラの友人メラニーの夫であるリカルド・ラウドー伯爵の姿もあった。壇上で神を騙っていた自分を見られてしまっただろうかと焦りつつ、ニコラは顔を俯けてリカルドの側をそくさと通り過ぎる。

混沌の人混みをようやく抜けたあとも、ニコラは引っ張られるままに駆け続けた。

薔薇園の中まで駆け込んだところでルーナはようやく足を止めた。

いきり立つ人々の喧噪からも篝火からも離れて、夏薔薇の咲き誇る薔薇園はしんと落ち着き払っていた。仮装姿で踊る人も誰もいない。みな神殿の騒ぎを聞きつけて向こうへ行ったのかもしれない。

薔薇で彩られた高い垣根の合間にふたりは座り込んで、息を整える。

手は未だ、つながれたままだった。ニコラは離しがたかった。ルーナも離そうとはしなかった。

やがて、ルーナがたまりかねたように、くくっと笑いをもらす。

「しっかし凄いことをするなニコラは……駆けつけてみれば壇上で神を名乗ってるからさ、いや驚いたのなんの」

「も、もうあれしかないって思ってしまいまして……無我夢中でして……」

今さらながらニコラは真っ赤になる。我ながらとんでもないことをしたものだ。

「でもなぜかいきなり蝶がわらわら寄ってきたので助かりました、俄然あれで神っぽさに説得力が出たみたいで……」

「ああ、あれね。うまくいって良かったよ」

え？　と首を傾げるニコラの前で、ルーナは背中にくくりつけてある革袋から、瓶と果実とを取り出してみせた。その瓶には見覚えがあった。

「それって、蜂蜜酒……ですよね？　物置小屋で蝶が寄ってきてたやつ……あっ」

「そう、ここの森の蝶はこいつが好きみたいだから。果実のひとつを蜂蜜酒まみれにして投げつけたら、あの水盤にどぼんとね。咄嗟にやったことだけど、うまいこと寄ってきてくれて良かったよ。せいぜい五匹くらいだったけど、ここの蝶はやたらと羽が大きいからね、かなり数多くの蝶が君に群がってるように見えて神話のそれっぽくなってた」

にこやかに笑いながら、ルーナは果実をニコラにいくつも手渡してくる。

「遅ればせながら、どうぞ。元々はこれ、ニコラに食べてほしくて色々調達してきたものだからさ」

「あ、ありがとうございます……」

そういえばひどい空腹だし喉も渇いている。てのひらの上の果実は見るからに瑞々しく輝いて、ニコラの食欲を刺激した。

しかしなかなかかぶりつくことはできなかった。これを調達してくるためにルーナは物置小屋を出て行ったのだ。その直前に起こったのだ、ルーナとの、あのキスは。そのときの感触と甘い心地がこの果実を見ていると鮮明に思い出されてきてしまう。なんだか変に意識してしまって、口をつけることができない。

同時にニコラは罪悪感にもかられていた。あのキスを思い出して胸を高鳴らせてしまうのは、良くないことだ。彼は、かの王女と結ばれる人であるのだから。彼にとっては他愛もないことだったに違いないあのキスは、もう胸のうちによみがえらせたりしてはいけないものだ。

「ニコラ、ごめん」

突然ぽつりと言うルーナの声に、ニコラは弾かれたように顔をあげる。

「俺は君を巻き込んだ。連れ去られるなんていう目にまた遭わせて……俺に同行していたばっかりにまたあんな危ない目に」

「やめてくださいルーナさん、私は自分から望んでルーナさんと一緒に居たんですから！」

「承諾した俺が考え足らずだったよ。本当に肝が冷えた……物置小屋からニコラが忽然と消えて。追いかけても追いかけても追いつけなくて」

「えっ、追いかけて……!?　す、すみませんわざわざそんなご足労を！」

「そりゃ追いかけるに決まってるでしょ……まあなかなか追いつけなかったんだけどね」

ルーナは自嘲するように肩をすくめた。

「街道沿いで、行商人の荷馬車を襲ってた賊を片付けてたときにね、向かい側から物凄(ものすご)い速度の箱馬車がやってきて駆け抜けていって、その御者台にいたのがビビアナの手下の男だったからさ、そこでやっと見つけられたわけなんだけど」

「そうだったんですか……」

「そしたら、そこにビビアナが現れたんだよね、よろよろと。箱馬車を追いかけて走ってきたみたいだった」

「え⁉　うそ、あの人あれからずっと追いかけてきてた……⁉」

「とりあえずそこで身柄を確保してから行商人の荷馬車を借り受けて、麻袋に詰めて積み込んで、ここまで運搬(うんぱん)してきたんだよ。君たちの箱馬車を追いかけつつね」

「あ、麻袋に詰めて……？」

「中でも暴れて大変だったよ。厩舎にとりあえずそのまま置いてきてたんだけど、大声で喚いて暴れるせいでもう誰かに見つかったみたいだねぇ」

「そうみたいですね……みんなこぞって厩舎に向かってましたので……」

ニコラは薔薇の垣根と垣根の合間から、厩舎のほうへ目を向けてみる。喧噪はかすかにしか届かないが、そこに大勢の人々が集っているようなのは見て取れた。

「例の短剣も証書も一緒に乗せてきたから、じきに誰か見つけるだろうな。ビビアナの密通の証(あかし)が多くの人目に触れることになる。彼女はきちんと捕まって罪を問われることになるはずだよ」

「あ、でも……あの長官のお爺さん辺りが無理にでもかばったりとかするのでは……？

あの人、寵姫ビビアナに異様に入れ込んでて……」

「ああ、そのようだねぇ。君が馬車で連れ去られた後にあの老爺、憤慨してそんなようなこと喚き散らしてたよ。まあ、彼もついでに失脚させてしまえば問題ない。彼の執務室の控えの間にはビビアナの強烈な香水がまだ充満してるはずだからね。小瓶が割れて盛大に中身ぶちまけられてたから」

「あ、ルーナさんが投げつけてたやつ……」

「彼とビビアナの間には浅からぬ関係がある、って紐付けられる。遠からず彼も終わりだ」

ルーナは満足げに笑っているが、ニコラは厩舎のほうを怖々と見つめずにはいられなかった。

「みんな凄い剣幕で向かってましたけど……あの人、捕まって罪を問われる以前に手酷い目に遭わされそうな……」

「それは彼女の今までの行い次第だろうね。自分で蒔いた種なんだから仕方がない。国王もそうだね……今ごろどうなってることやら」

「わ、私……！　とんでもない騒ぎを引き起こしてしまったのでは……」

今さらながらニコラは己のしでかしたことが改めて恐(おそ)ろしくなって、また足にふるえが戻ってきた。

そんなニコラの顔をのぞきこんで、ルーナはあっけらかんとした笑みを浮かべる。

「君がいなくともいずれこうなったよ、あの連中は。みんな相当鬱憤(うっぷん)がたまってたみたいだしね。大体、神を名乗る君をまともに信じた人ばかりじゃないと思うよ？　投げ込まれた果実を見てた人だっていただろうし。神を騙る怪(あや)しげな偽者(にせもの)だと承知で乗っかったんだよ、鬱憤を発散させるために」

「そう……でしょうか……」

「それに元々この国の人たちはカッと頭に血がのぼりやすいからねぇ。あれは何なんだろうね、気候ゆえかな？」

「そんな他人事(ひとごと)みたいに……」

くすりと笑ったルーナは、ニコラのまだかすかにふるえの残る手を改めてぎゅっとにぎった。

「君には本当に感謝してる。俺は今回ね、件の婚姻潰(つぶ)しを阻止するために駆けずり回ってたわけだけど、ついでにあの国王もできることなら引きずり下ろしてやろうって目論(もくろ)んでたんだよ。あれは……王国のためにならない男だから」

「あ、そういえばさっきルーナさん、観衆に交じって煽動(せんどう)してましたよね……？　ビビアナへの怒りが国王にも向くように」

「おや、聞こえてたか。今夜のことで、近いうちにあの男の御代は終わることになるんじゃないかな。まさかこんな流れになるとはね……本当、水を司る神には感謝しかないよ」

にぎったニコラの手を、ルーナは労るようにぽんぽんと叩く。

次第に手足のふるえがおさまってくるのを感じながら、ニコラは眼前のルーナをじっと見つめた。

（そっか……自分が早く次代を継ぐために、ダメダメな現国王を引きずり下ろしたかった、ということだよね……やっぱりこの人は王太子なんだなぁ……）

改めてそれを実感して、ニコラの中に切なさが込み上げてくる。

「ニコラには礼をしないといけないな。特大のを」

「えっ、いいですよそんなのは。私はただ、婚姻を潰されると私が困るのでやっただけですし……」

「……褒美の婿を得るため？」

ルーナが不意に真剣なまなざしになったので、ニコラは戸惑った。

「ルーナさん……？」

「君は、帰国を果たしたら……どこぞの男のものになってしまうんだよな……」

そう呟いたルーナの手の力が強まる。

彼のてのひらに、彼の漆黒の目の中に、特別な熱のようなものが宿っているように一瞬感じられてしまって、ニコラはそんな自分に苦笑した。

そんなことがあるわけがない。彼の、王女との婚姻は守られたのだ。もう脅かされる心配もないだろう。彼はもうじき、王女のものになる。ふたりは結ばれる。

だから、盛大な勘違いだ……彼に特別な熱情を向けられているように感じてしまうのは。きっと、行き場のない恋心が体の中で暴れ回って、自分に都合の良い夢想を見せているのに違いない。

ニコラは彼から目をそらして、つながれたままの手を外そうとする。もう、自分が触れていていいものではない。

しかしルーナはそれを許さなかった。

「わっ⁉」

ぐいと手を引っ張り上げられ、着せかけられたままだった大きなローブがふわりと地面に落ちる。

よろめいたニコラはルーナに抱き留められ、そのまま流れるように、手と手を組まされる。

「踊ろう」

「えっ⁉」

「君の出港時刻が来るまで。だって仮装舞踏会の最後の夜だよ？」

言っている間に彼はすでに踊りはじめており、ニコラは引きずり込まれるように巻き込まれていく。

「みんなダンスよりもお偉方の糾弾に夢中だからさ、俺たちくらいはね。まあ街では今ごろあちこちで盛大に踊って飲んで暴れての大賑わいになってるだろうけど」

「そんなに賑わうものなんですか」

「何せ最後だからね。仮装していつもの自分じゃない自分でいられるのも。明日からの日常が戻ってきてしまう前に、羽目を外して盛り上がって非日常を味わい尽くしたいんだよ」

「いつもの自分じゃない自分……」

ならば許されるだろうか、とニコラは熱に浮かされたようにぼんやりと思う。

今夜限りの仮装舞踏会が終わるまでの間なら、ルーナは王太子でもなく王女の婚約者でもないただのルーナで、自分は婿取りなんて控えていないただのニコラで、ただの何者でもないふたりであれば、こうしてかたく手をにぎりあっているのも許されるだろうか。

今だけは。この瞬間だけは——

「ニコラとこうしてたら、夜明けまであっという間だろうな……楽しい時間は瞬く間に過ぎる」

ルーナがどこか寂しげに笑う。

「速かったなぁ……今日は時が過ぎるのが本当にあっという間だった。君を見つけた瞬間から」

「私も……なんだかもうあまりにも色々ありすぎて、とにかくずっと熱くて、ずっと鼓動がばくばくしてて……」

こんなにもめまぐるしい一日なんて、この先もう二度と訪れないのだろうなとニコラは思う。

「男にしてください！　なんて頼まれたときにはどうしようかと思ったけどね。そうだ、俺は君のいいお手本になれた？」

「あ、なんだかもう途中からそれどころではなくなっちゃってて……だけど私、さっきの壇上で、ルーナさんを参考にしたふるまいをしてたんですよ」

「どうりで格好いいと思った」

ふたりで笑いあう。

「……もう、俺の側にいなくていいの？」

ニコラは目を伏せて、口を笑みの形にしてみせる。

「……もう、充分すぎるくらいに……たくさんのものをもらいましたから」

きらめく瞬間を。初めての恋心を。叶わない恋でもこの気持ちは愛おしい。

楽の音もない夜の薔薇園で、ふたりは踊り続けた。

ニコラの耳の底には、大広間で聞いた楽の音がひそやかに流れ続けていた。

薔薇の垣根の合間を縫うように踊りながら、いつしかふたりは言葉もなく、見つめあっていた。

ニコラは彼をひたと見つめた。目に焼き付けるように。

満月からふりそそぐ月光のやわらかな色も、夜露に濡れた夏薔薇の香気も、未だゆらりと近寄ってくる蝶たちの淡い光輝も、ニコラはすべてを己に染みこませるように存分に味わった。

こんな素敵な夜には二度と巡り会えないだろう。彼はまた、きらめく時をくれた。一生胸に残る思い出をくれた。

すべて焼き付けて、この体の中に閉じ込めよう。

二度と来ることはないこの場所を。

もう二度と会うことはないこの人を。

「……ニコラ？」

ニコラは足を止めた。彼から身を離して、くるりと背中を向ける。

これ以上はもう、体に毒だと思った。この甘い心地に浸りすぎたら抜け出せなくなってしまう。

激しく高鳴る胸を手でおさえて、ニコラはぎゅっと拳をにぎった。

「私、もう、行きますね！　向こうにユマルーニュの使節団の人たちがいたので、頼んで一緒に港まで連れていってもらおうかと……」

「ニコラ」

手を引かれてニコラは強引にふりむかされた。

ルーナの熱い手に顎をとらえられて、唇と唇が触れあいそうになるその寸前、ニコラはその間に己の手を滑り込ませた。

てのひらには今さっき、小瓶から、数滴の眠り薬をたらしてあった。

ニコラのてのひらのそれをまともに吸い込んだルーナは、一瞬目を見張り、すぐにぐらりと体を傾がせた。

ニコラは慌てて支え、なんとか垣根にもたせかけるようにして彼を座らせる。

ルーナはもうすっかり深く眠り込んでいた。疲れ切っていてずっと眠ってもいない状態だったからだろう、かなり強く効き目が出ているようだった。

ニコラは己の上着を脱いで、彼の体にかぶせる。灼熱の王国の夜は意外にも冷えるようなので、肩から落ちないようにしっかりとかけておいた。

上着に染みこんだ蜂蜜にひかれて未だひらひらと寄ってくる蝶たちが、彼を彩っている。蝶が舞っていなくとも目立つ人なので、そのうち誰かが見つけてくれるだろう。

「ごめんなさい、ルーナさん」

寝顔を見下ろしながらニコラは呟く。

これ以上彼と一緒に居たら、この国から離れられなくなってしまいそうで怖かったのだ。

ここにニコラの居場所はない。ニコラには帰るべきところがある。

褐色の頬に触れたくなってしまう気持ちを押し殺して、ニコラは再び大きなローブで己の全身をすっぽりと覆い隠し、重たい足を踏み出した。

すべてを断ち切るように駆け出して、薔薇園を出て神殿のほうへと駆け続けて、未だ興奮のさなかの人々でごった返している人混みを見回す。

「ラウドー伯爵！」

人混みから少し離れた辺りにようやく目当ての顔を見つけて、ニコラは駆け寄った。

丸々とした体でおろおろと、ガルフォッツォ人たちの狂騒を見やっていたリカルド・ラウドーは、ニコラの顔を見るなりぎょっと仰け反った。

「君っ、にっ、ニコラ・ミグラス嬢かっ⁉　メラニーの親友のっ！　なぜここにっ⁉」

「お久しぶりですラウドー伯爵。メラニーと王都見物に行ったときにご挨拶して以来ですかね……えっと、ちょっと色々ありまして今朝からこの国に来てまして、はい」

「ええ⁉　ちょっと色々って何なんだい⁉　しかし、君、まさか……先ほど壇上に居た奇妙な男……何やら誰かに似ているようだと思っていたが、まさか、君……？」

「いっ、いいえ！　断じて違います！　伯爵の目の錯覚ですよ！　暑い国ですからねっ、お疲れなんですよ！　そんなことより伯爵……私ね、見てしまいましたよ」

「え？　何をだい？」

「昼間、大広間の仮装舞踏会で……伯爵、踊っていたでしょう。寵姫ビビアナ・ベナトーラと、それはそれは仲睦まじく」

リカルドは目に見えて狼狽した。可哀想なくらいに青ざめた丸い顔をぶるぶると横にふりながらニコラに詰め寄ってくる。

「違う！　違うんだよニコラ嬢！　大広間で彼女に誘われたからたった一曲相手をしただけで！　関わったのはあのときだけなのだよ、別に近しい関係などではないのだよ！」

「そんなに大慌てするなんて伯爵ってばなんか怪しくないですか……こんなに売国奴売国奴って騒がれてるような人と、まさか……」

「そんなとんでもない女だったなんて私も今の今までまったく知らなかったのだ！　本当さ！」

「だけどそうでなくとも、あんな美女とあんなに仲睦まじく、あんなにでれでれと……あれをメラニーが知ったらさぞや……」

「言わないでくれぇ！　ニコラ嬢っ、後生だっ、メラニーにだけは言わないでぇ！」

愛妻家なのか、はたまた恐妻家なのか、リカルドは必死の形相でニコラにすがりついてきた。ニコラは神妙に頷いてみせる。

「でしたら伯爵、私の頼みを聞いて頂けますか？」

「なんでも聞くともっ！」

「私、今すぐユマルーニュに帰りたいんです。朝に交易船が出る時刻よりも早く……そう、今すぐに……伯爵のお力で、なんとかして頂くことはできないでしょうか」

「なんだ、そんなことでいいのかい？　この、国王をも巡る騒ぎを急ぎ伝えるために我々は予定を早めてじきに発つつもりだったのだよ。君も共に来ればいいさ」

拍子抜けしたような顔のリカルドを前に、ニコラはほっと安堵した。

なりふりかまわずに自国の大貴族を脅してまで、ニコラは一刻も早く、この灼熱の王国から立ち去りたかった。

でなければ、理性も恥も外聞も何もかもかなぐり捨てて、この足は彼のもとへ駆けだしていってしまいそうだった。

終章　イケメン令嬢、とうとう婿を得る！

いくら二コラが頑丈とはいえ、灼熱の王国での怒濤の一日はさすがに応えたらしい。帰国してユマルーニュ王国の土を踏むなり、ばったりと倒れてしまった二コラは、そのままミグラス邸にまっすぐ運ばれることとなった。

そしてそれからしばらくの間、二コラは寝込んでしまった。高齢の使用人たちに世話を焼いてもらうのを心苦しく感じながらも、なかなか床から起き上がれない日々が続いた。

そのうち、二コラが病床にあるらしいと聞きつけた貴族界の女性陣から豪華な見舞いのごちそうが続々と届きだして、それからメラニーもたびたび足を運んで話し相手になってくれたりもして、そうした日々の中で二コラの心身はゆるゆると回復していった。

そして窓から吹き込む風がすっかり深い秋の匂いになった頃、二コラは一通の封書を受け取った。いつかもここに届いたのと同じ、白薔薇と白百合と蔦が組み合わさった優美な意匠が刻まれた封蝋の手紙だった。

今回の手紙の差出人は、アリアンヌ王女だった。

——親愛なるミグラス子爵令嬢・ニコラ様へ
ようやく身の回りが落ち着きましたので、ペンをとることができます。

お体の調子はいかがでしょうか。ミグラス邸へのお見舞いを熱望しておりましたが多忙の折にそれは叶わず、無念に思っております。

あの夏の日の夕刻、ニコラ様のお姿がわたくしの離宮から消え失せた際のことは今も思い出すだに血の気が引く思いが致します。気が気でないあの数日ののち、ミグラス邸にお戻りになったとの報告を受けて一旦は安堵したものの、ニコラ様はわたくしの婚姻に関する謀に巻き込まれて異国の地で大変なご苦労を強いられていたこと、そして長きにわたり床に臥せ続けておられることを聞き及び……大変心苦しく、お詫びの言葉もございません。賊の侵入を防げず、ニコラ様がさらわれるのも防げず、離宮の主としても大層恥ずかしく思っております。

ニコラ様の心身に多大な負担をかけてしまったこのわたくしが、男の方が苦手などという情けないことをいつまでも言っているわけにはいかないと、わたくしは痛感致しました。このたびの輿入れを無事に果たせなければニコラ様に申し訳がたたない……その一心で、わたくしは離宮にて男性の使者や客人との面会を幾度も幾度も行うようにし、父王から、概ね克服できただろうと認められるくらいにまで、成長を遂げました。そして季節は秋となり、時が来て、わたくしはガルフォッツォ王国に入り、王太子殿下との改めての対面を、それから彼との婚儀を、無事に執り行うことができたのです。王族として恥ずかしくないまともなふるまいで一連の責務をこなすことができたと思っております。

わたくしが今日この日までそのように頑張ってこられたのは、すべてニコラ様のおかげです。ニコラ様がわたくしにその力を与えてくださいました。ニコラ様のご助力とご苦労に報いるためにと、わたくしは力をふりしぼれたのです。深く、心より感謝致します。

今は公的行事もひとまず落ち着き、長引いていた暑さもようやくおさまり、少しばかり一息つけているところなのです。

夫となった王太子殿下はお優しく頼りになる方で、わたくしはこの国で王太子妃としてなんとか歩んで行けることと思います。

彼と共にわたくしは来月、祖国たるユマルーニュ王国へ赴きます。王都にて、婚姻祝賀パレードが催されるのです。その際、ニコラ様のご体調がよろしいようなら、是非ともお越しくださいませ。直接、感謝とお詫びとを伝えたいと切望しております。

どうか、またお会いできますように。

――ユマルーニュ王国王女・ガルフォッツォ王国王太子妃・アリアンヌより

雲ひとつなく晴れ渡った空の下、王都の目抜き通りは大勢の人出でにぎわっていた。

「あらまあ、こんな時間からこんなにぎっしり！　他所に嫁いでいってもまだまだ王女殿下の人気は健在ねー！」

目抜き通り沿いの瀟洒な館のバルコニーから地上の人波を見渡して、メラニーが浮かれた声をあげる。

「こんな特等席で王女殿下夫妻のパレード見物ができるなんてありがたいわぁ。ニコラ様々ね」

「私もメラニーが付き添い役で来てくれて助かったよ。久々の遠出だったたし、まだ体調もちょっと心配だったから……」

「あらやだニコラ、なんか微妙に顔色悪くなってきてない？　ちょっと部屋で休んだほうがいいんじゃないの？」

「いやいや、これは単に、緊張でね……今日はもう緊張感あふれる予定が目白押しすぎだからね……」

ニコラには今日この日、アリアンヌ王女の婚姻祝賀パレード以外にもうひとつ、重大な予定が控えているのだった。

例の、ニコラへの褒美である婿との顔合わせが行われるのである。

先月、アリアンヌ王女からの手紙に続いて、また同じ紋章入りの封蝋で閉じられた、国王からの封書が届いたのだ。王女が立派に男慣れを果たして輿入れも無事済ませたため約束していた婿の件を進めている、パレードの日に顔合わせを行うから王都まで来られたし、との旨であった。

そういうわけでニコラは今、顔合わせの会場として指定された王家所有の瀟洒な館にて、そわそわとした気持ちで約束の時刻を待ち受けているのである。

「今からそんなんじゃ保たないわよ？　パレード開始のあとなんでしょ、顔合わせ」

「そうなんだけどさ……ああダメだ手汗止まんない！」

「ちょっとニコラあんた、ドレスで手汗拭いてんじゃないわよ。それ相当高価なやつよ？」

ニコラは今日、珍しいことにドレスを着てきていた。今日の快晴の空を映しだしたような、淡い空色のドレスである。腰回りはぎゅっとすぼまっており、それでいてスカートの後ろ部分はふわりと膨らんでおり、そのなだらかな曲線がなんとも優美だった。裾に向かってすとんと落ちるドレープの揺れもまた優美で品が良く、ついでに金の髪もすっきりと上品に結い上げられている。ミグラス邸の使用人総動員でなんとか作り上げた姿だった。

国王が封書と共に、このドレス一式を送ってきたのである。顔合わせに着てこいということらしいので、男物しか持っていないニコラはありがたく頂戴して、今日こうして身につけてきたのである。

以前とは女物の衣装に対する心持ちに変化があり、ニコラはさほど抵抗を感じずに着用することができていた。さらに何着かドレスを新調してみようかなぁ、などと考えていたりもする。

「いいわよねぇこれ。色味といい形といい、ニコラによく似合ってるもの」

「そ、そっかな……」

「そうよぉ。サイズだってあんたの長身と手足の長さにしっかり対応して作られてるものね。うん、見事なもんよ」

「本当に怖いくらいサイズぴったりなんだよね」

「それにニコラってば、なんか前より……」

メラニーが鋭い目つきでじっと見上げてくるので、ニコラは何となくそわそわする。

「な、何なのメラニー」

「やっぱりニコラ、なーんか前より女っぽさが増してる気がするのよねぇ」

「えっ！　ほんと⁉」

「何かしらね、雰囲気？　滲み出てくる何かがこう、女って感じなのよね。それで女装っぽくなってないのよね。やっぱ人間って、恋をすると色々変わるもんなのねぇ……」

「んなっ何を急に言い出すのメラニーは！」

「そのガルフォッツォの色男があんたを女にしたのねぇ……」

「なんか嫌！　その言い方すっごい嫌！」

ガルフォッツォ王国でニコラが遭遇した諸々の出来事は、メラニーにはあらかた話してあった。ただし、リカルドのちょっとしたよろめきの件は除いてだが。

「そういえばあんたをさらった例の売国寵姫、獄中でも太々しくふるまってるらしいけど、じきに刑罰が確定するみたいよ。相当重いものになりそうだって話」

「そっか……ていうかメラニーって国外のことにまで情報通なんだ⁉　さすがすぎる」

「まあガルフォッツォのことはリカルド経由で色々聞こえてくるからね。だけど、その寵姫の話になるとリカルドの様子がなぁんか怪しいのよね……なんかあったのかしら……」

「さ、さあ……⁉」

「そうそう、その女以外も色々大変そうなのよ。あんたに刃物向けたっていう色ボケ爺さん長官も、売国寵姫とのつながりがありそうだってことで窮地らしいし。あとガルフォッツォ国王もそうね。民からの反感が爆発しっぱなしなせいで、心身ともに相当参ってて床に臥してるらしくて。このぶんじゃ代替わりも近そうって話よ」

「えっ」

「ニコラってばガルフォッツォにめちゃくちゃ多大な影響及ぼしまくってきたわよね」

「うう……まさかこんなに大事になるとは思わなかったんだよ……ちょっと神を騙っただけなのに……」

胃の辺りをおさえて重たいため息をつくニコラを尻目に、メラニーは笑い声をあげる。

「あたしそれすっごい見たかったわぁ！　水を司る神になりきるあんたの勇姿！」

「もう忘れたいよ私は……寝る前とかにふと思い出して絶叫しそうになるんだよね……」

「別にいいじゃないの、結果的に概ね良い方向に転がったわけだし。あ、でも一応あれよね、水を司る神のとこには、ちゃんとひれ伏しに行っといたほうがいいかもしれないわね」

「そうなんだよね……！　近隣に水を司る神の神殿があるから、今度ちゃんと謝ってこようと思ってて。供物もたくさん持ってさ」

「あら、そんな余裕ある？」

「ないけどさ！　でもそこはケチれないしさ！」

「まあミグラス家の財政もすぐに上向きになるわよ。なんたって陛下直々の紹介の婿が来るんだものね。かなりの上物のはずよ！」

「そうだとありがたいねぇ」

絶対そうよ、とメラニーは鼻息荒く断言して、ニコラの背中をぱしぱし叩く。

「だからすぐに忘れられるわよっ、そんな行きずりの男のことなんて！」

「ゆ、行きずりの男って……」

「いーいニコラ、これからパレードでやってくるふたりを目の当たりにしても、ちゃんと

「大丈夫だってば。もう時間もだいぶ経ってるんだし」

「心配にもなるわよぉ。寝込んでたときのニコラってば、魂の抜けきった虚ろな顔で彼のこと語ってたんだから……あらっ？」

メラニーがふとバルコニーから身を乗り出して、眼下の人混みの中に目を向ける。

「リカルドだわ！　来られたら来るって言ってたのよ、あたしちょっと声かけてくるわっ」

ニコラが止める間もなく、メラニーはぱたぱたとバルコニーを出て部屋を突っ切り、廊下へと駆けていってしまった。

にぎやかなメラニーがいなくなってひとり取り残されたニコラは、そわそわする心地がぐっと増して、気がつくとまた手汗をドレスで拭ってしまっていた。

（おっとまずいまずい……でもこれ、本当に素敵なドレスだなぁ……私、ほんとに大丈夫なのかな）

ドレス姿の自分は異様な風体に見えているのではという不安は、ふとした瞬間に心の水面にぽこぽこと湧き出てくる。しかしそのたびに、胸に残る彼の言葉と笑顔が蹴散らしてくれるのだった。

ニコラは背筋をぐっと伸ばし直して、澄んだ秋空をまっすぐに見つめる。

それと同時に、わあっという歓声が遠くから聞こえてきて、ニコラは息をのんだ。とうとう祝賀パレードが始まったらしい。

アリアンヌ王女の晴れ姿を拝める瞬間を今か今かと待ち受けているユマルーニュの人々の熱気が地上には充ち満ちていた。

それを上から眺めながら、ニコラは深呼吸を繰り返す。

（大丈夫、ちゃんと平静でいられるはず……季節だってひとつ進んでるんだし、もう大丈夫……王女殿下とルーナさんが並んでるとこをちゃんと見て、ちゃんと祝福しなくちゃ）

目抜き通りの出発点のほうで巻き起こる歓声が、ゆっくりと、近づいてくる。ふたりの乗る馬車は極力ゆったりと走行して、沿道に集う人々に幸せな晴れ姿を存分に披露してくれているようだった。

やがて人混みの合間に、華々しく飾り立てられた馬車の先頭が見えてきて、ニコラはじっと目をこらした。そこに並んで座るお似合いに違いないふたりの姿をしっかり目に焼き付けて、恋心に一区切りつけるために。

初めに目に飛び込んできたのは、純白のドレス姿のアリアンヌ王女だった。清純な花の冠で彩られた王女の笑顔は、幸せに満ちて輝いていた。左右の沿道の人々に絶えず笑みを向け、手をふっている、とても立派な王太子妃の姿がそこにあった。

ニコラの手は自然と、王女に向けて、せいいっぱいの拍手を贈っていた。王女の笑みを見て、自然と微笑むことができている自分に、ニコラはほっとした。そして向こう側の沿道の観衆へ手をふっていた彼が、くるりとこちら側を向いたとき、ニコラは、激しく瞬いた。

「だ……だ、誰……………？」

自然とそう呟いていた。王女の隣に、なぜか、見知らぬ男が座っていたからである。

ニコラはわけがわからなかった。そこにはあのルーナが座っているはずなのに、実際にそこにいるのは、メガネをかけたとても真面目そうな顔つきの青年だった。黒い騎士服の胸元に、王女の花冠とお揃いの花飾りをつけている。だから新郎に間違いない。だけど新郎はルーナであるはずなのに。まったくの別人がなぜそこに。

ひどく混乱して、ニコラはふらりと一歩後ずさった。

「おっと危ない、大丈夫？」

背後から突然聞こえた声に、ニコラは跳び上がった。

聞き覚えのありすぎるその低音の声に勢いよくふりむくと、ルーナが笑みを浮かべて立っていた。いつかの大広間で共に踊ったときに着ていたのと似た宮廷服姿のルーナが、なぜか、そこにいた。

「な……なんっ、えっ、るっ……るっ……!?」

「いやー久しぶりだねニコラ。君はこっちの国にいても目立つねぇ」

「なっなんでこんなとこに⁉　あなたはっ、あの馬車にいるべきでしょっ、王女殿下の隣にっ！」

　びしっとニコラが眼下の華やかな馬車を指差す。

　するとそれに気づいたのか、馬車の上の王女がぱっと顔をあげて、ひときわ目映い笑みを浮かべた。

「ああ、ニコラ様、やっとお会いできた……！　まあ、兄上もご一緒ですのね……！」

　大層嬉しげにぶんぶんと手をふってくる王女を乗せた馬車は、ニコラの前を通り過ぎて、やがてまたにぎわう人混みの中に埋没していった。

　ぽかんと口を開けたままそれを見送っていたニコラは、ゆっくりとふりむき、おそるおそるルーナを見上げた。

「あ、兄上……と、今、聞こえた、ような気が……いや、空耳……？」

「俺の耳にもそう聞こえたよ。我が妹は確かに俺のことを兄上と呼んだね」

「いも……、え、あに……え……」

「ああ失礼、長いこと申し遅れてたね。俺はアリアンヌの兄で、つまりはユマルーニュ王国の王子ってわけなんだけど」

　あっけらかんと言うルーナの前で、ニコラは仰け反り、目を剝く。

「おっ王子って、この国の⁉　ガルフォッツォのじゃなくて⁉」

「そうだよ？　ほら、言葉だってこのとおり」

「ああっ！　ユマルーニュ語……！」

彼が先ほどからずっと流暢なユマルーニュ語を話していることにニコラは遅ればせながら気づいた。

「えっ、でも、だって！　だってルーナさん、俺は王国の忠臣だって言ってたでしょ⁉」

「言ったけど、ガルフォッツォ王国の、とは言ってないよ。俺はユマルーニュ王国の忠臣。このユマルーニュ王国を背負って、諸外国に潜り込んで生の情報集めたり、自国の利になるよう動いたりしてる身でね」

「そ、それじゃ贈答品の中のあの肖像画は……ただの家族同士での肖像画ってこと……？」

　思いも寄らぬ彼の素性への驚愕やら混乱やらでニコラの足元はふらついた。ルーナはすかさずニコラの背を支え、心配そうに顔をのぞきこんでくる。

「さっきからふらついてるけど、ニコラ体調悪い？　そういえば顔色もあんまり……」

「いや別になんとも……ちょっと病み上がりなだけで……」

「えっ！　病み上がりなの？　大丈夫？　そういうことは早く言ってくれないと」

「それはこっちの台詞なんですけど……！」

　ニコラは思わずルーナをきっと睨み付ける。

「何なんですか、いきなりこの国の王子ですとか言われても！　王女殿下の兄君とか言われても！　早く言っといてほしかったですよ！　困りますよいきなり……！」

「そうは言ってもさ、俺が自国の王子だなんて知ったら君、あわあわ慌てちゃって変に畏まっちゃうでしょ？」

「そっ、それは……そうかも、しれませんけども……」

「そんな恐縮とかさせたくなかったからさ、素性は伏せたままで、いちガルフォッツォ人っぽくふるまってたわけなんだけどね。幸いというか何というか、俺は完璧に向こうの人間に見えるし？」

ルーナがにこりと笑って、自身の顔を指差してみせる。

「母親が向こうから流れてきた踊り子だからさ、俺は王子とはいっても、身分ある母を持つ他の兄弟たちに比べたら立場は微妙なんだよね。容姿も思いっきり母譲りなせいで王家の中ではとにかく浮くし。そういう面倒な立場だから、離宮に住んでる妹にはなかなか会いに行けなかったんだよ。だから全然打ち解けられてないままなんだけど……それでも可愛い妹だからね。あの子の婚姻は守ってやりたかった」

ルーナにぎゅっと手をにぎられ、ニコラはどきりとする。

「改めて、ありがとうニコラ。君がいたから万事うまくいった。アリアンヌの婚姻は潰されずに済んだし、あの子に害を為しそうな連中の力も削げた。それに、次代への移行も早められた……もうじきあのふたりはあの国で国王夫妻になるだろうね」

ルーナが地上の観衆のほうへ目をやる。王女たちを乗せたパレードの馬車は、もう目抜き通りのだいぶ先のほうまで進んでいるようだった。

「王太子妃より王妃のほうが格段に力を持てる。アリアンヌが力を持てば、ユマルーニュ王国のためになる。無事に遠からず代替わりと相成りそうな情勢で、良かったよ。いやぁ本当、ユマルーニュ王国の忠臣として面目躍如だ」

そのとき、廊下に面する扉の向こうがにわかに騒がしくなって、はっとニコラは焦った。今、自分がなぜここにいるのかを思い出したのだ。この瀟洒な館に招かれているのはパレード見物のためだけではない。

「るっルーナさんごめんなさいっ、込み入ったお話の途中ですけれども、ちょっと一旦ここから出てって……いやもう無理かな、とりあえずどこかに隠れててほしいのですが！」

「いきなりどうしたのニコラ」

「いや、廊下が騒がしいので、もう婿が来たのかもしれず……！　今から私ここで婿になる方との顔合わせがありまして！　そんな場で別の男の人といるっていうのはまずいかと！　王子殿下といえどもやっぱまずいかと！」

扉のほうをちらちら見やりながらニコラはあたふたとルーナをバルコニーの隅っこに押

しやろうとする。しかしルーナはくすくすと笑いをもらしながら、慌てるニコラの手をぽんぽんと叩いて落ち着かせようとする。

「大丈夫だよニコラ。あれは別に、君の婿がやってきた物音なんかじゃないからさ」

「いや、でも！」

「ねえニコラ、知ってる？　君が今日ここで顔合わせする相手の名前」

「え？」

「フェルナン、っていう男なんだけどね」

「えっ、なんでルーナさんがそんなことを知って……」

「俺の名前だから」

「へ？」

「もう君の前に、すでに来てるんだよ。君の婿になる男は」

ルーナが、にっこりと笑みを深める。

ニコラは言葉を失った。頭の中が真っ白になった。

目の前にいる人の笑顔を、ただただ呆然と見上げるしかできない。どういうことなのか、さっぱりわからない。あの灼熱の一日に恋心をくれたこの人が、今日しっかり気持ちに区切りをつけて吹っ切るつもりだった人が、自分の、婿に、なる——？

「な……んで……？」

「ニコラのことが忘れられなくてさ」

ルーナは片膝をついて、ニコラの前に跪いた。

彼に手をとられ、甲に口づけられて、ニコラは一気にあのガルフォッツォ王国の灼熱の空気の真っ只中に引き戻されるような感覚を覚えた。

ルーナはニコラの手を離さぬまま、熱っぽいまなざしでじっと見上げてくる。

「あれからずっと、ニコラのことばっかり考えてた。あの薔薇園で君が、上着一枚だけ残して、あんな消え方をしてからずっとね」

はっとニコラは自分がしでかしたことを思い出し、今さらながら慌てた。自分は去り際に薬を盛ったのだ。事もあろうに、自国の王子相手に。

どう弁解すればいいのかもわからず口をぱくぱくさせるしかないニコラの前で、ルーナは楽しげにくすっと笑って手に力をこめた。

「だから俺はニコラをまたこの手の中に取り戻すことにしたんだ。俺はさ、微妙な立場だから、これまではとにかく王家内での自分の価値を高めるためにひたすら殊勝に立ち働いてきたんだけど……今回の一件では初めて、父王に、要求してみたんだ。俺の働きと成果に見合った見返りをね」

「陛下に……？」

「ニコラ・ミグラスなる令嬢に褒美として与える婿を、俺にしてくれ、って頼んだんだよ」

ルーナは悪戯っぽくにやりと笑む。

「ま、最初は渋られたんだけどねぇ。すでに何人か候補を見繕ってたみたいだし。でも俺って諸国を飛び回って色々と探ったり潜ったりしてる身だからさ、国内外の情報もにぎりまくりだし、各国の要人との重要なつながりも何本も有してるし、気づけば今や王家内でなかなかの立ち位置にいるんだよね。だから父王に対してまあ強く出られるわけだ」

「そ、それって……へ、陛下を脅し……？」

「人聞きが悪いなぁ。最終的には穏便にまとめたよ？」

「そ、そんなにしてまで……だってうちって、ミグラス家って、本当にちんまりしたとこなんですよ？　何もない僻地ですし、紅茶だって薄いし、ルーナさんみたいな方に婿に来てもらえるような家なんかでは全然……」

「どんな家でもいいよ。ニコラがいるなら」

ルーナの大きな手にぐいと引っ張られて、ニコラは彼の胸に飛び込まされていた。

懐かしい彼の体温に全身すっぽり包み込まれて、ニコラは思わず泣きそうになった。

ニコラの名を呼ぶなめらかな低音が耳に触れる。

「俺がいて良かった、って言ってくれた君の側に俺はいたいんだ。もっとそう思ってもらえるように、俺はニコラにたくさん、ニコラの望むものを捧げたい。ニコラ、君は何が欲しい？」

「私は……私は、ルーナさんが……欲しい」

「それはすでに君のものだよ」

さらに強く抱きすくめられて、ニコラは彼の胸に深く顔をうずめた。彼の背中に、そっと両手を回してみた。

抱きしめられて抱きしめ返している、今の状況が、ニコラは信じられない気持ちだった。こんなことが自分の身に起こるなんて。行き場などないはずだった恋心が彼に届くなんて。

「俺以外のものもこれからたくさん望んでもらわないとね。あ、そうだ、そのドレスはどうかな、気に入ってもらえた？」

「えっ、これルーナさんが⁉」

仰天してニコラはルーナから体を離し、自身のドレスをまじまじと見下ろす。

「ニコラが好んでくれそうなのを仕立ててみたんだけど。よく似合ってて可愛いよね」

「あのう、怖いくらいサイズぴったりなんですけども……」

「一日ずっと一緒にいてくっついたりしてたらサイズくらい把握できるもんだからね」

「そうでしょうか……⁉」

「あ、でも腕まわりとか若干ゆるい感じ?」

「それはたぶん病み上がりなせいで、私が縮んだからかと……」

「ああ、そうだったね、病み上がりか……じゃあこのくらいで我慢しとくしかないか」

そう呟いたかと思うと、ルーナはその大きな手でニコラの後頭部を撫でるようにとらえて、それから唇を唇でふさいだ。

その数秒間、ニコラは息もできず、身動きも一切できなかった。唇が離されたあとも、鼓動が激しくて、余韻が甘すぎて、しばらく何も声にできなかった。

「あれ、ニコラ大丈夫?」

「だっ大丈夫じゃないですよいきなり何なんですかっ⁉ あなたという人はっ! いつもいつもっ! いつもいきなり……!」

「だって寸止め喰らわされたあのときから何ヶ月焦らされたと思ってんの? あ、ダメだまだ足りない」

「えっ、待っ……」

またも迫ってくるルーナを慌てて押しとどめようとするが、ニコラの両手は彼の両手によっていつのまにかがっちりとにぎりしめられていた。

「君の手を放っておいたら、またいつ眠らされるかわかったもんじゃないからね」

「あれは……っ! ごめんなさいっ、あのときは私もいっぱいいっぱいで!」

「ちゃんとつかまえとかないと、君はすぐ変なのにさらわれるしね」

「ちょっ、待ってくださいってばルーナさんっ、じゃなくてっ、フェルナン殿下っ！」

「いいよ敬称なんて。今さらすぎるし」

「じゃ、じゃあ……ええっと、フェルナンさん……？」

「もっと呼んで」

為す術もなくまたもや唇をふさがれて、ニコラは甘美な夢心地の渦の中に放り込まれてしまった。何度もキスを繰り返しながら、その合間にニコラは幾度も彼の名を呼んだ。彼もニコラの名を囁いた。幸福感が、体の隅々にまで広がっていく。意識が甘く痺れていく。

どこか遠くで鳴り響いている祝福の鐘の音が、かすかに聞こえた。

おわり

あとがき

はじめまして、人見弓と申します。本作をお手にとってくださり、ありがとうございます！　第6回ビーズログ小説大賞の「私の推しはコレ！」賞&コミックビーズログ賞を受賞した作品が、このたび、こうして一冊の書籍という形になりました！

色々な小説新人賞に長年チャレンジし続けてきましたが、ずっと落選続きという有様でしたので、ここ数年の私はちょっとばかり心折れかけ状態だったのですが、今回こうしてまさかの受賞という夢が叶いまして……いやー、未だに信じられない気持ちです。何もかもが夢のようです。いやー、人生というやつは本当に、何が起こるかわからないものなんですね……！

私が書くものはなぜかたいてい、シリアスでダークでドロドロでジメジメで……みたいなものになっちゃいがちなのですが、珍しいことになぜか急に、ハイテンションどたばたラブコメっ！　みたいなものが書きたくなりまして。その結果が、この作品であります。生まれながらのローテンション人間である私が書いた精いっぱいのハイテンション、いかがでしたでしょうか⁉　果たしてハイテンションどたばたラブコメになっておりますでしょうか⁉　なってるといいな……！　なっていなくとも、読者の皆様に少しでも楽しんでもらえていたら、嬉しく思います！　もしも感想やツッコミ等ありましたら、お聞かせ頂けますと幸いです。

　何もかも不慣れな私にたくさんのアドバイスやお気遣いをくださった担当編集者様をはじめ、出版に携わってくださったすべての皆様に、心より感謝申し上げます。

　そして、キャラクターたちに姿形を与えてくださいました珠梨やすゆき先生、素晴らしきイラストの数々をありがとうございます。どこからどう見てもイケメンなのに、ヒロインとしての可愛さもしっかり内包されているニコラ！　イケメン令嬢に負けず劣らずなイケメンっぷりが炸裂してるルーナ！　姿形を得たイケメン二人をこの目で見ることができて感無量です……！

　そしてコミカライズ版を担当してくださる春夏あきの先生。見せていただいた序盤のネームが既に読み応え抜群で、とても面白いものに仕上げてくださっていて、感激しております。ありがとうございます！

　最後に改めまして、本作を読んでくださった読者の皆様、本当にありがとうございます！

　またお目にかかれる機会がありましたら大変嬉しく思います。

人見　弓

■ご意見、ご感想をお寄せください。
《ファンレターの宛先》
〒102-8177 東京都千代田区富士見2-13-3
株式会社KADOKAWA ビーズログ文庫編集部
人見 弓 先生・珠梨やすゆき 先生

●お問い合わせ
https://www.kadokawa.co.jp/ (「お問い合わせ」へお進みください)
※内容によっては、お答えできない場合があります。
※サポートは日本国内のみとさせていただきます。
※Japanese text only

人呼んで、イケメン令嬢。

人見 弓

2024年11月15日 初版発行

発行者	山下直久
発行	株式会社 KADOKAWA 〒102-8177 東京都千代田区富士見2-13-3 (ナビダイヤル) 0570-002-301
デザイン	島田絵里子
印刷所	TOPPANクロレ株式会社
製本所	TOPPANクロレ株式会社

ISBN978-4-04-738136-0 C0193

◇◇◇